放任心中的一百次流浪

Ambling to a Wayward Beat

劉軒

逼出來的
好文章

在劉軒的學生時代，我總逼他寫作，先逼他用英文寫《顫抖的大地》，由我譯成中文。再逼他以中文寫《作書蟲也作玩家》、《Why not？給自己一點自由》、《屬於那個叛逆的年代》和《尋找自己》。還跟他合作出版了《創造雙贏的溝通》。總歸一句話，他的書多半是我逼出來的。也正因此，自從他由哈佛博士班畢業，我沒再逼他，他就沒新書了。所幸最近跟時報出版社合作，使我能把逼劉軒的事推給「他們」。果然沒過一年，這本新書就誕生了。

劉軒的速度這麼快，不是他寫得快，而是因為他十年來存了不少東西，除了在《蘋果日報》和《東西名人》雜誌上有專欄，他還常應邀為活動撰稿代言。至於這麼久不見出書，是由於他對自己的要求太高。他甚至在我說「東西已經不錯，可以結集出書」的時候，沒好氣地回我：「這麼爛，怎麼行？」

終於看到在時報出版社催稿、逼稿，緊迫盯人下的成果。我為時報喝采，佩服他們比我行，也為「自己」喝采，虎父果然沒生出犬子。

對了！當我翻到〈「亂」也不壞〉那篇文章，看見劉軒的演講照片時，嚇一跳：「那不是年輕的我嗎？」

兒子跟我的文筆雖不同，長得還真像呢！

劉墉

前言

2001年寒冬，我提著兩個箱子回到了台灣。

一盞日光燈，牆角一個床墊，空空的房間裡盡是後面巷子的寧記火鍋味，隔壁頂樓有個抽水馬達，不斷發出尖銳的聲音。

我知道自己放棄了美國的許多，只為了在台灣有個新的開始。剛從研究所進入社會，還不清楚要走哪個方向，只想努力工作、學習，重新認識我的故鄉，過點實在的日子。

七年之間，我從廣告公司市場研究員到製作公司編導，從自由編曲到雜誌編輯，從藝文沙龍到時尚夜店統統走過一程，不時還會有人問我：「什麼時候要出書？」

我每次都有些尷尬地回答：「不好意思，那是以前的事了……」

人生總是充滿了巧妙的輪迴。我從來不把自己當成職業作家，但如今有機會再次與讀者們交流，我很榮幸。

這本書裡的文章，大部分出自過去幾年為不同刊物所撰寫的短文。重看這些文章，像是與過去的自己對話，幾乎每一篇我都做了不少修改，有些甚至重寫，因為人總是在變，少不了會有新的想法。

多半社論性的篇幅源自於《東西名人》雜誌上與我父親的「相對論」專欄。每一期我針對他的文章寫出一篇回應，但如今我的部分獨立出版，在重新評估與大幅增刪之後，我認為它們現在更精簡地呈現了我原先想表達的意思。

之前在台灣因為工作太忙，心情總是覺得在趕進度，因此很少靜下來讓思緒沉澱。但目前我的人生又進入一個新的轉捩點，該是停下來整理的時候了。感謝時報出版的小毛、大頭、振豪，和所有編輯部同仁們的協助。感謝父母親永遠的支持和無條件的愛，還有凌晨五點竟然睡著在沙發上，只為了想陪在我身邊工作的女友。噢，還有我的貓，牠在哪裡？

希望您可以在這些拙劣的文字中，看到一點有意思的東西。

2009 年4月 5:15am，於台北

002　　逼出來的好文章

004　　前言

白色忍者的時光

008

010　　我的夜生活啟蒙

014　　台上與台下

018　　一個DJ看城市男女

020　　DJ入門101

024　　暖場的學問

028　　拍子就在你腳裡

030　　什麼是時尚音樂

034　　看不見的裝潢

038　　不完美的完美

042　　陪我上火星的十張專輯

我與那些城市的故事

044

046　　紐約我愛你（但你讓我很鬱卒）

050　　夜店巧緣三部曲

056　　洛杉磯的愚人金

064　　王先生的煩惱

068　　在銀河洞喝杯好茶

074　　蘭嶼故事

084　　走吧！去西藏

094　　我習慣旅遊的十種方法

二十一世紀的每一天

096

098　　二十一世紀的春節

102　　科技萬歲

106　　數位生命中不可承受之輕

108　　小心你的眼睛

114　　主廚為什麼自殺？

120　　老鷹還是佛祖？

124　　兩片肥皂

128　　禮貌只是個形式罷了

132　　家有瘋貓

138　　三十五歲前影響我最深的十本書或雜誌

crazy little things called love

140

142	九月
144	做錯的事和做對的事
148	有性無愛的夜租界
150	什麼是性感？
152	離合悲歡總是錢
156	終身大事，談何容易？
160	傷到深處總是情
164	結婚之前一定要和情人完成的十件事

**給年輕時的
自己寫備忘錄**

166

168	當個旅行者，不要當觀光客
172	忘了別人在看你
176	OFF學
178	削減的藝術
180	不中不西，不如又中又西
184	英雄的宿命
188	燃燒生命的事物
190	「亂」也不壞
194	叛逆基因
198	做個自由的美夢
202	每個大學生畢業前該做的十件事

204	關於我的二十五件不重要的小事

白色忍者
的時光
01

多年之後，
有件事一直沒變：
在群體的舞動之中，
我找到了一種奇妙的歸屬感……

How I Found Myself In The Nightlife

我的夜生活啟蒙

有不少人曾經問我：「你一個哈佛高材生，怎麼會玩到夜店去？」

通常我不太想回答這個問題，因為會這麼問的人，八成已經有了預設立場。但如果你正在讀這一頁，表示我還有個解釋的機會。

話說回 1991 年，我離開紐約的家，與所有的哈佛「新鮮人」展開了大學的生涯。那是多麼好玩的日子！宿舍燈火輝煌、走廊裡響著音樂、房門被椅子撐開……我們像螞蟻似地四處跑，有太多青春荷爾蒙點燃的活力，睡眠成了次要的事。

當時聽說有一票英國貴族子弟，花了數千美元購買了一套 PA 音響，在自己的宿舍房間裡辦了一系列的「Under 21 Party」，還派人在門口查 ID，只讓二十一歲以下的人進去。這種派對只有音樂和汽水，卻有上百個男女擠在二十坪的房間裡，隨著超大聲的電子舞曲發瘋。那些英國人據說還站到桌子上向底下的人噴汽水，大家又濕又黏，幾乎把宿舍房間毀了，但是因為沒有未成年飲酒，校方只能給予嚴厲的警告。

他們說這種 party 叫 rave，而 rave 的精神就是在不能狂歡的地方狂歡。起初，我沒有受到邀請，也不敢隨意參加，只能從遠處看著閃光的窗戶，聽到裡面傳出的節奏和尖叫聲，手臂交叉在胸前，不屑中帶著羨慕與好奇。

管你是否聽得慣，我自己很陶醉。This is the future!

有一天，當我在學校電台值大夜班時，凌晨三點鐘，那幾個英國佬竟然撞進錄音室，還帶了十幾個人。「希望你不介意，我們將挾持這個頻道！」他們以英國紳士夾雜街頭混混的口吻宣布，並塞給我一疊黑膠唱片：「放這些！」

那是我第一次聽到 techno，當下並沒料到它將顛覆我的音樂思想，只覺得它很奔放，充滿了活力和奇怪又新鮮的聲音。我一放，後面立刻傳來一陣歡呼。那些英國人跑進辦公室，把每一台收音機都搬出來轉到最大聲，幾十個人直接在電台裡辦起 rave party。我從來沒看過這麼叛逆卻又這麼沒有破壞性的行為，而且大家那麼瘋，我也不禁跟著 high 了起來。當晚的節目完全脫序，想必犯了好幾個聯邦電信委員會的廣播規定。然後就像快閃族一樣，他們突然迅速撤離，但臨走前還把所有的收音機歸位，把辦公室還原，關上門之前對我笑著說：「Join the future!」

之後，他們不時會來找我，我也很樂意放他們帶來的唱片。我永遠記得有一次一位聽眾打電話來，劈頭就大罵：「你們在放什麼鬼！唱片放錯速度啦？！」

帶頭的英國佬 George 把聽筒搶過來，用很正式的口語說：「閉嘴，這叫做未來。」然後就把電話掛了，又贏得一陣歡呼。

我後來也常參加他們的派對，但是不擅長社交的我，只會在旁邊跟著音樂點頭。其實我最愛的是融入那歡樂的氣氛，看到大家為音樂而瘋狂，完全沒有假仙的架子，又那麼有團體的叛逆精神。

冬天到了，老爸寄給我一件白色的羽絨大衣。我總是穿著那件大衣，手插著口袋，滿臉殺氣地站在角落，心裡卻在跳躍。George 因此封我為「白色忍者」，而那個外號伴隨我到畢業。

多年之後，這點一直沒變：面對著夜店的浮華世界，我每次上台還是最懷念那段白色忍者的時光。因為在那個青春又充滿著可能性的年代，我親眼看到了音樂如何呼喚出大家的童心，而在那群體的舞動之中，我找到了一種奇妙的歸屬感。

誰說哈佛的高材生，就不能混夜店。

On and Off
the Stage

台上與台下

我生平第一次聽演奏會，是在國父紀念館。演奏者是位從國外返台的華人鋼琴家。當時我不到七歲，坐在黑暗的觀眾席中，很禮貌地聽著一串串清脆的音符在演奏廳迴繞著。即使演出長度早已超過一個七歲兒童能夠接受的範圍，內容也記不清楚，但演出結束的那一刻，原本寧靜的廳內爆發出熱烈的掌聲，有如霆雨後的太陽，讓我感到興奮又活躍，一面喝采，一面跟著大叫：「安可」。雖然不懂「安可」是什麼意思，卻是我印象最深刻的部分。

不過幾年之後，角色倒換，我坐在鋼琴前，準備開始我的獨奏。面前的白鍵在燈光下亮得刺眼。當時我不到九歲，台下的漆黑像是無底深淵，飄來冷冷的期待和壓力。我縮進自己的想像空間，讓手指動起來，專心彈完了曲子，突然感到死寂瞬間綻破，掌聲有如十年旱災後的甘霖，灑在我九十度鞠躬的身邊。在那一刻，我才再次活過來。

第一次參加銳舞派對，是在紐約。DJ是誰我完全不記得，重點是和大學同學們擠在上千人的舞池裡，震耳欲聾的鼓聲從四方傳來，比心跳強烈一萬倍的節奏擊碎我的個人保護膜。旁邊一位暗戀許久的女孩，T恤黏著背的曲線、汗水在脖子上發亮。突然她開始歡呼，我急速轉向前面，看見台上的DJ一手高舉，另一手用混音器把 bass 完全關掉，殘留的高音像是滿天飛的蝗蟲，而台下伸起一千多隻手，像是《投名狀》的萬名軍士，或《阿波卡獵逃》那些祭拜太陽神的馬雅土著：「給我們陽光！給我們生命！」

同時充滿著肉慾和神聖的力量。

2009年四月，我去墾丁參加在恆春機場的「春浪」戶外電音派對表演。台下密密麻麻都是人，在兩個小時的演出中，我逐漸加強節奏能量，一波一波推近高潮，然後EQ一扭便把低音頓時消除。隨著眾人的歡呼，大家的手紛紛舉起。我將拍子疊著拍子，逐步增加音量，然後一個動作把低音全開，燈光師同時打開上萬瓦的巨燈，台下瞬間變成白晝，大家同時瘋了起來。

回台北的路上，看到某報紙解讀「音樂祭」現象，形容它為「年輕人把自己浸泡在音樂之中，來暫時忘記平日的煩惱。」我感覺很欣慰，終於有記者選擇不談比基尼辣妹和明星。許多年來跨越古典和電音世界，我有一個體會：音樂可以是很私人的享受，但最具意義的還是集體欣賞一個演出。台上的表演者可以呼風喚雨，但就像古時的祭祀，那權力終究來自於群眾的支持。台下的觀眾似乎在朝聖，但那不只是對一個人的崇拜。我們的掌聲宣示著共同的感動和喜悅；我們的歡呼是對演出者的肯定，更是對自己的肯定。在群眾之間互相激盪出生命的活力，在吶喊中再次感到青春——音樂最大的力量，來自於人。

身為一個台上的表演者，有時我覺得自己擁有呼風喚雨的能力。

音樂最大的力量，來自於人。

A View From The DJ Booth

一個DJ看城市男女

有些週末晚上，我會在台北的酒吧和 disco 客串DJ。原本只是抱著一股玩樂的興趣，找機會放自己愛聽的歌，但後來也成了個副業。時間久了，自然也患上職業病，即使沒在工作，也習慣守在DJ台旁邊，看著舞池裡的男女，觀察他們之間的遊戲。

從這個瞭望塔看出去，舞池像個小魚缸，大家在裡面游來游去。有很多可愛但不顯眼的小金魚、亮麗又愛爭風的熱帶魚、還有沉默但藏著劇毒的河豚。總讓我驚訝的是，在那麼擁擠的一個地方，大家都能很快地找到自己的空間，也就是說像這樣一個「虛擬環境」完全就是自然界的縮影。當肉慾的大白鯊出現時，眾多美人魚巧妙地扭身閃躲的樣子，是那麼地符合大自然的動態。

時間久了，自然會認識一些常客，聽到他們的故事。通常我收到的訊息都是片面的，隔著轟轟的節奏一句半句地被喊到耳朵裡，而我的回答都差不多一樣：「很好！」「不錯！」「恭喜！」

不是我不care他們的事情，但就像律師和客戶之間一樣，一旦關心，就有了責任。DJ是個集體音樂治療師；舞池是屬於大家的。我希望自己放的歌可以為某些朋友帶來特別的意義，但還是不能太偏心。

當然，我也有喜歡和討厭的客人。有些辣妹喝high了會爬到音箱上跳豔

舞，很給DJ面子，但我總是擔心她們摔下來。剛開始出來玩的年輕人愛圍個大圈子跳康樂舞，把高級酒會變成高中聯誼，我只能苦笑以對。最受不了的是一群人手上拿著酒，杵在舞池裡不跳舞光聊天——附近有吧台跟包廂，要講話閃旁邊去！反而是那些獨自隨著音樂擺動身體的男女，我最欣賞。

有時候，我會偷偷選定一位徘徊在舞池邊緣的女孩，把她當做我的繆思。雖然她不知情，我其實在用音樂跟她說故事、逗她開心，與她展開一場隔空無形的追求。如果她最後踏入了舞池，或聽到喜歡的曲子而展露出微笑，都會給我帶來無比的成就感。而當她遇見了對象，離開舞池的時候，我也會在音樂中默默嘆息。

其實，拿著放大鏡看舞池的每一個角落，都有一個特別的故事藏在那兒。我有時候想，這麼多人平時穿梭在這個偉大的城市裡，他們的命運起起伏伏，轉折翻騰，而在某一天晚上因為不同的機遇而竟然在我的舞池中相遇……這即使不算緣分，也值得慶祝！

有一首歌叫〈Last Night A DJ Saved My Life〉（昨晚一個DJ救了我的命），演唱者是個女歌手，講她在低落、不知所措的時候，聽到DJ放的曲子，而給了她新的希望。雖然歌詞有些悲傷，但音樂是輕快的。城市的生活，不就是如此苦中有樂，甜中有酸嗎？

Maybe，我的音樂曾經扶起一個沮喪的靈魂、打醒一個痴情鬼、促成一對佳人……但即使發生過，我不會知道。那些故事，都在曲終人散之後才會在深夜的城市星海畫下句點。舞池只是個章節，我只是個過客，盡量讓大家把這段時光過得精彩一點而已。

A Beginner's
Guide to DJing

好的DJ就像好的bartender，要懂得閱讀人，調出專屬個人口味的慧眼和匠心，讓每個人都感到被尊重。因此準備party音樂時，除了分享自己喜愛的歌曲外，參加party的人是誰？他們想變成什麼樣的人？是DJ一定要自問的兩個問題。

DJ是主導party氣氛的conductor。來賓本身的個性和所扮演的角色，決定了party的曲風。如果參加的人平常只聽老歌，太前衛的曲子可能把他們嚇跑；但如果來的是一群渴望青春的「老頑童」，你卻專放《黃金歲月精選》，反而會得罪人。

基本上，一個三小時的派對，我會準備六小時的音樂，其中百分之五十曲目要十拿九穩，是大家耳熟能詳的；百分之三十是新鮮的好歌；剩下百分之二十用來製造驚喜，須視狀況來調配。

party音樂的選曲可分為前、中、後段。一個派對的流程就像說故事一樣，需要起承轉合。客人剛到時，應該放一些舒服的應景音樂，讓大家很快能夠進入主題情緒。例如舉辦冬季派對時，除了在家裡噴雪花、擺聖誕樹、放假壁爐外，如果搭配上Frank Sinatra的歌聲，會讓人有置身第五大道，散步時雪花片片飄下來之感，十分點題。

記住，派對剛開始時，音樂不應該吵得讓人無法聊天。等場子稍微熱了，

人也到齊了，再試著慢慢調大音量。

熱場有個祕訣：對女生下手。放些女孩子喜歡的音樂，當女生跳起舞，男生通常會跟進；其次，找出party中的「high咖」——有些人天生嗓門大，玩起來特別瘋，最適合帶動氣氛。你要認出這些key people，偶爾放一首這些人特別喜歡的曲子，趁眼神交會時對他瞇眼笑一下，讓對方知道這音樂是為他放的。對方通常會感到正中下懷：「Oh～I love this song！」連帶周遭的人也high起來。

這些認人和選歌的技巧需要經驗累積，還得時時刻刻察言觀色。若你放音樂的對象看起來自視甚高，就得降低自己的身段，跟對方預告說：「我放一、兩首曲子，是我覺得你會喜歡的，希望聽你的意見。」千萬別以為俗芭樂的歌就能討好所有的人；同樣地，挑人帶氣氛，也不要找太瘋的，以免他自high起來揮拳抬腿到處亂跳，弄巧成拙。

順利的話，熱場後五、六首歌之間就可以讓氣氛熱絡。這時，你會發現每個人都開始興致高昂，講話大聲起來，周遭充滿著笑聲。此時若再放點silly 的東西，反而有助於將party 推向最高潮。例如我有張鎮店法寶，是崔苔菁在1980年代用中文唱〈YMCA〉，中英混雜，kuso極了！這首歌如果放在party 開頭，進場的人可能會說：「What the hell !?」但如果氣氛已經炒起來了，像這首和〈燃燒吧！火鳥〉之類的歪歌，一定讓全場瘋掉。

當不按牌理出牌的曲子殺出來，得到的不是噓聲而是歡呼，你就確立當晚成功了。接下來只須保持恆溫，直到接近派對尾聲，再挑些「主題」歌曲，慢慢收尾。我的原則是，最後一首歌曲應該讓客人在回家的路上還會自己默默地哼著，回味今晚的感受。舉例來說，Michael Jackson 的〈Rock

With You〉這樣既浪漫又動感的歌曲，就是個很好的收尾曲；很多Beatles的歌也能達到這樣的效果。

以前當DJ時，一晚帶六、七十張黑膠唱片在身上就已經嫌太重了。現在有了MP3，只需要一台notebook，上萬首歌就在裡面。當容量已經不是問題，用什麼方式和朋友分享你真正喜愛的音樂，才是重點。選好歌曲，你甚至可以先在iTunes中抓好前、中、後三組playlist歌單，依party進行的階段播放，並不時主動和人群互動，相信會有不錯的效果。

就像這樣，你也可以成為個受歡迎的DJ！

由我擔綱DJ演出的派對flyer。

The Importance
of a Good Opening

暖場的學問

一場成功的表演，需要一個好的暖場，而暖場是一門學問。

幫人暖場，好比打前鋒，有時又像逆流搏鬥。站上冷清清的舞台，你得先鼓起勇氣發出聲音，引起大家的注意，集中渙散的情緒，接著再把場子炒熱，醞釀觀眾的期待，並在最high的時候把舞台交給主角。就「人氣」來說，你不但要從無中生有，還得拿捏分寸，適可而止，不能貪戀掌聲。這種困難度與壓力絕對不小，要付出的精力也不少於主秀的人。

Club DJ面對現場的觀眾，首要任務就是帶動氣氛。我們不必說話，純粹用音樂來炒熱群眾。因為跳舞時不能有節拍中斷的情形，我們用「對拍」和「重疊」的技巧，讓一首曲子很緊湊地接到下一首，就像演講者一句接著一句，後浪推前浪，才能把大家的情緒炒熱。

做為暖場DJ，一開始面對的時常是空曠的舞池。那時客人都還在吧台和包廂裡聊天，而面對著眼前的沙漠，DJ得先放一些別有特色、引人注意的曲子，慢慢地勾引聽眾。在這個階段，舞池是脆弱而善變的，DJ一失手，舞客就會離你而去。碰到這種狀況，DJ得立刻做調整，再重新建立舞客的信任。

過了一、兩個小時的「拔河」，當舞池裡的人數終於到達「臨界質量」，開始產生連鎖效應而活躍起來時，開場的第二門學問才正式運作。

還記得第一次為國際知名DJ Lee Burridge暖場，自己緊張得不得了，準備了好幾天，蒐集了許多好歌，表演時使出渾身的力氣，果然舞池爆滿，溫度沸騰。

結果換到他上陣，竟然把我的唱片「唰」一下拉掉，等了幾秒鐘，再開始放他的第一首曲子。

台下一片歡呼。他轉身把唱片還給我：「Sorry，你放得太high了，我得洗牌重來。」

這時我學到了一個暖場的重點 —— 不能喧賓奪主。

我有一個朋友，也曾經為一位國際大牌DJ暖場。為了表示對他的崇拜，我朋友事先挑了許多那名DJ所製作的曲子。因為每首都算是「國歌」，所有的客人都舉手歡呼，還跟著唱。結果那位知名DJ竟然跑上台對我朋友發飆：「你把我的歌都放完了，我還放什麼!?」

這時我朋友才領悟到：可以幫一個人造勢，但絕對不要搶了他的台詞。

再分享一個慘痛的經驗 ——

幾年前，我幫當時全世界排名數一數二的DJ Sasha暖場。那天晚上來了數千人，大家都充滿了期待。問題是，那位DJ的作品跟我平常放的曲風完全不同。為了迎合他，我準備了一套類似的歌曲上場。

結果呢？我不但表演時渾身不自在，而且因為放的全是自己不熟悉的曲

子，使我接歌時好幾次突槌。發現自己的錯誤時，已經來不及了。我灰頭土臉地下台，朋友們紛紛跑過來問：「今天怎麼回事？你完全不是你自己！」

受到了那次的教訓，我學乖了。之後無論為誰暖場，我絕對堅持自己的風格，用自己的方法帶領氣氛。這麼做不但比較穩，也更能獲得肯定，讓我後來從暖場DJ晉級為主秀。

我老爸常說：「說大人，則藐之。」意思並非不要尊敬長輩，而是提醒我不要讓「大人物」的氣勢擾亂了自己的氣，而因此失去自己的立場。

話說回來，哪個大牌不是從小牌開始的？

許多一線藝人，出道時都曾經是無人過問的暖場角色，也正因為他們經過如此的苦練，才修出一身好功夫。

因此，我每次去看表演，都會特別注意暖場的表現，並給予適當的肯定。因為開場絕不是一件簡單的事，而一個好的開場者所具備的智力和毅力，也正是以後當「壓軸」的基本條件！

DJ Sahsa來我家。

The Beat's
In Your Feet

之前，我去看一場朋友所舉辦的國際踢踏舞表演。

漆黑的舞台上，唯有一道白光。一位孤單的舞者站在一個木頭箱子上。突然舞者腳跟一蹬，一陣低沉的 bass 如雷響般傳出，立刻震住全場。

原來箱子上連接了許多支麥克風，能夠捕捉舞者踏步的聲音，並由音響播放出來。就這樣，當舞者在箱子上起舞時，他的踢踏鞋便咚咚答答地打出一個複雜的節奏。既是街舞，又是踢踏，流暢的動作又是那麼地準確，要不是看到他在跳，絕對不會相信那是一個人用雙腳弄出來的聲音。

這個演出給了我很大的震撼，除了舞者（來自東京的「神腳」Suji）的高超技巧之外，也挑戰了我原本的想法。

以前，我一直認為舞蹈跟音樂之間的關係，是「舞蹈服從音樂」，也就是說舞者必須跟著節奏跳舞，而不是鼓手跟著舞者打拍子。你或許會覺得這不是什麼重要的觀念，但對我而言，我十五年來的DJ經驗一直都建立在這個基礎上。DJ所操控的就是節奏的變化；抽掉節奏，舞池裡的人就會停擺，像擱淺的水母，等著浪潮再起才能捲入行動。

舞曲中有時會刻意留一個沒有鼓聲的段落，簡稱「break」，為了製造一個喘息的空間，並凝聚大家對節奏重新出現時的期待。一個適當的break能夠

把舞池弄得沸沸騰騰；但如果節奏中斷太久，舞池便會失去焦點，而舞客是很沒耐心的動物。所以對一個DJ來說，節奏就是一切。

但是看到那場踢踏舞表演，當舞者的動作直接轉成聲音時，我才發覺原來每個跳舞的動作，本身就是個節奏，當我們在跳的時候，就是在用身體打拍子。這麼來說，跳舞的人才是節奏的核心。即使今天沒有節拍，甚至沒有音樂，你還是可以穿上一雙硬底鞋，跳出自己的節奏，當自己的DJ。

這讓我想起許多年前，去新加坡最夯的Zouk Superclub。當天有一位印度國寶級的塔布拉鼓手跟著DJ表演，一整晚打下來不但面無倦容，拍子還愈來愈繁瑣複雜。最後，DJ逐漸把音樂拉掉，留下鼓手一個人solo。在聚光燈下，鼓手的汗水落在鼓面，被他打成萬片飛銀。整個club全靠他一只鼓，逐漸感染所有的人，最後竟然全場數百雙手腳同時跟他一起打拍子，成了比Stomp的陣容強十幾倍的不插電打擊樂團。那原始的聲音所喚起的生命力，勝過任何我所聽過的舞曲，到現在還能感受它的餘震。

我想，這應該是舞曲最高的境界吧！不需要花俏的音色，不用雷射乾冰的輔助，就是那麼的簡單——當心跳帶動著雙腳，用力地踏在大地上；在這一刻，我存在！

What Is So-Called Fashion Music?

什麼是時尚音樂？

最近有個廣告導演打電話來，要我幫他的新案子譜曲。

「我拍的是個高價位的產品，」他說，「所以音樂要……特別一點。」

「怎麼個特別法呢？」我問。

「就是……嗯……嗯……」導演落入一種藝術家沉思間的詞窮狀態。隔著聽筒我可以想像他手上的菸在空中繞起一個個問號。

「冷調？」我先試探。

「不是。」

「磅礴？」

「相反。」

「古典優雅？」

「不古典，比優雅多些……」

「時尚？」

「對對對！」他突然活了過來：「時尚！」

天哪，我自己最不想說出口的兩個字，沒想到居然命中要害。現在，輪到我要傷腦筋了。

這幾年來大家流行把「時尚」掛在嘴邊。尤其廣告代理商還沒有想法時，常提「時尚」做為一個籠統的創意方針，因為他們知道客戶聽到這兩個字就會買單。但說實話，對於執行創意的人，這是個很令人頭痛的形容詞。

究竟什麼算「時尚音樂」？你問幾個人，就會得到幾個不同的答案。嘻哈很夯，但辣妹愛並不代表它時尚。台客文化曾是熱門話題，但多半人不會覺得伍佰時尚。之前歐洲精品發表會愛放英式搖滾，但許多玩樂團的年輕人根本無法和那個世界沾上邊。

後來我發現，一般人認同的時尚音樂，可歸類在一個很小的範圍內，也就是「主流音樂靠左一點」。流行，但不要太流行；創新，但不要太另類。

過去這幾年來，我幫客戶製作過許多種不同類型的音樂：house、funk、chillout、fusion、IDM……每個都打著時尚的旗號，但那只是一種行銷說法。如果要順利完成任務，最好先了解客戶的音樂品味，然後用他們喜歡的曲風「耍一點怪」，刻意加入一些詭異的效果，讓熟悉之中有些不熟悉，比較容易提案過關。

有次一個廣告案子，我和導演溝通許久之後，決定以巴西風格的 lounge

music 為配樂。我自己很喜歡巴西爵士，尤其像 Babel Gilberto，一位經常與實驗電音結合的巴西歌手。我還特別在曲子中收錄一段風琴 solo，因為那是拉丁爵士樂裡常出現的音色。胸有成竹帶去提案，沒想到客戶竟然說：

「我們要時尚，怎麼給我們『那卡西』？！」

我傻住了，一時不知如何回應。後來回到 studio 檢討，才發現我一向很愛的 Hammond B-3 風琴，跟台灣那卡西的風琴音色的確有點類似。編曲時用錯聲音，竟然從里約跑到北投去了！

這件事給我的啟示，就是音樂並非無國籍的語言；其實每個文化的音樂，都充滿了代表性。同一個風琴，聽在不同人的耳朵裡，就有不同的意義。

本土通常不時尚，但距離會造成美感。我認識一位攝影師，曾經在西門町拍攝紅包場的歌手和服裝，在歐洲廣受好評。我不禁幻想如果有一天去巴黎時裝週演奏那卡西，應該也會效果不錯。

總而言之，時尚是一種包裝，也是個人的解釋。至於什麼是時尚音樂，還是安和路某 lounge bar 的店長回答最乾脆。他指著櫃檯旁邊擺的《Hotel Costes Vol. 1 ～ 11 》的 CD 合輯：「哪！不就是這些！」

「為什麼？」

「包裝有質感，音樂有快有慢都很好聽，而且……重點是，賣很貴！」

噢！我懂了。

我和二胡手羅堂軒在時尚派對上表演。

The Invisible Decor

034 | **看不見的裝潢**

我家旁邊開了間新餐館，裝潢和菜單都不錯，第一個禮拜我就連去了兩、三次。隔了幾天經過，裡面竟然一個客人都沒有，服務生愁眉苦臉地坐在門口。問他們怎麼回事，他們說：「CD player壞掉了！」

這個年頭，大概除了路邊攤以外，幾乎每個餐館跟商店內都會播放音樂。沒了音樂就像沒空調一樣，感覺出奇地悶。但同時，不是每個店長或老闆都會把音樂放在優先考量。許多人覺得只要有聲音就好，管它是 Jay-Z 還是 Jay Chou，甚至整天放 ICRT 也沒關係。

但我要說：關係可大了！

對於一個商業空間，音樂就像是「看不見的裝潢」。在波士頓有一家我很喜歡的餐館，賣的是西班牙的tapas，店裡採用紅色的絨布簾和深色的老木頭桌子，以燭光做為照明，音響放的則是熱情的Flamenco吉他和稱為Ye-Yé的快板西班牙歌曲。整個餐館受到那音樂的感染，而瀰漫著煽情的氣氛，附近的大學生因而把它選為「最佳約會場地」。想像如果同樣的空間配上其他的音樂，效果必將全然不同。那是因為我們去餐館時不僅為了享受美食，更是為了沉浸於整體的「用餐經驗」中。音樂不但能為一個空間製造氛圍，更能建立獨樹一格的形象。

另外我發現台北有許多服飾店，放的音樂都來自於值班店員自己的 CD。

音樂就像是，看不見的裝潢。

不是說這樣一定不好，但音樂本身有強烈的聯想性，假設一家店專賣優雅的法式華服，卻在店裡放韓國偶像舞曲，現場的感覺就會變得有些弔詭。當然，偶而若聽到好歌，我一定會上前詢問店員。有意思的是，多數時候他們的回答都是：「不知道耶，朋友燒給我的合輯！」

對照之前我受邀前往海外一家 Dior Homme 旗艦店的開幕，店長花了好一段時間，向我介紹店裡所播放的 garage-rock/post-punk 曲目，細說每張 CD 都是設計師親自挑選，用以象徵他的設計靈感，同時代表著服裝的精神。對店內音樂如此細心，相對之下比較少見，但在音樂和時尚與生俱來的密切關聯之下，愈是經營精品的店面就愈是應該注意音樂的呈現，如此一來音樂氣氛才能與自家品牌風格相互呼應也相得益彰。

念書時期我在廣播電台打工，每天收到許多唱片公司寄來的公關 CD，而上頭往往黏著一張貼紙：「If you play it, say it !」，就是要呼籲 DJ 如果播放

這張 CD 的歌曲，一定要記得把曲名告訴聽眾。這是基本的行規，因為唱片公司靠廣播來宣傳自己的產品。

同樣地，服飾店、購物中心、健身房也和電台一樣，是一個能夠把新音樂介紹給消費者的平台。我很欣賞台灣的「生活工場」多年來與唱片經銷商結合，在店裡播放高質感的 lounge music，並同時在櫃檯販售給愛好者。他們所選擇的音樂不但提升了整個店的品味，更讓一般人能夠買到平常較不容易搜尋的冷門 CD。

之前唱片界曾為了「公播權法」與一些店家打起官司，我個人反倒覺得限制版權音樂的播放，不如以合作的方式供應店家，並主動附上相關資訊。這樣如果被客人問到的話，店員可以不只 play it，也可以 say it，讓更多人能夠認識好聽的音樂！

Imperfection is Perfection

| **不完美的完美**

我們音樂人很奇怪，總是極盡所能尋找最完美的聲音，找到最後卻又回頭追求不完美。

就拿音響來說吧！當CD問世的時候，許多人覺得錄音品質已經達到了最高的境界。錄製在CD上的數位訊號，能夠複製出所有人都能夠聽見的頻率，而且不像卡帶怕消磁，也不像黑膠會積灰塵。一張CD不管放多少遍，也不會變質。

但是，我認識不少音響玩家投下大把銀子，蒐集了各種高規格的播放機，用光纖連上數位擴大機跟頂級喇叭之後，反而紛紛回頭蒐集黑膠唱盤。這是怎麼回事？

他們說，CD 的聲音太乾淨了，聽起來有些冰冷。黑膠雖然有雜音，但它的音質比較柔順，比較悅耳。尤其愛聽爵士和古典音樂的行家，紛紛同意還是黑膠比較有「人味」。

前陣子一位樂手「小董」來我的 studio 錄音。小董最懂的是薩克斯風，家裡有各個年代的收藏。

他說，以前薩克斯風的製造過程，是把銅片放在木椎上用手工敲打成形，沒有兩把是完全一樣的，吹起來聲音也各有差異。而且，當時的煉銅廠引

我一小部分的黑膠唱片收藏。

用河水，煉出來的銅摻了水裡面的礦物雜質，這種不純的銅做出來的薩克斯風，有一種獨特的音色。現代的工廠能夠煉出高純度的銅，做出來的樂器卻少了那股「味兒」。

「嚴格來說，以前的樂器有瑕疵。」小董說：「但是不完美的樂器配上有個性的 player，反而是更完美的組合！」

我自己玩 keyboard，也深有同感。

最早期的電子合成樂器（synthesizer）直接用電流經過電阻迴路，把電波轉成聲音。因為一般的電源多少有些不穩定，再加上當時的科技還不夠精準，因此彈出來的聲音會有小小的變化，機器熱了還會走音。

後來的電子樂器改用晶片，除了百分之百穩定之外，還可以把鋼琴、小提琴的聲音直接取樣並複製在晶片上，彈出來的效果很像真實的樂器。在 1990 年代，幾乎所有出售的 synthesizer 都是這種類型。

但現在，你猜哪種電子樂器最受資深樂手青睞？

——是那些最老舊，最不完美的！

我們玩家都覺得，雖然現代的數位樂器很不錯，但以前的樂器聲音比較「肥厚」。那電波的不穩定所造成的變化，反而聽起來更有個性。

當然，人對音樂的品味，就像對食物一樣，「好吃」、「好聽」是個人的感覺。有很多聽慣了CD的現代人，可能無法理解黑膠到底好在哪裡。

但是對許多音樂人來說，以前蹲在唱盤旁邊，閉著眼睛隨著John Coltrane的即興爵士一起神遊，或是第一次到大型演唱會，站在音箱前接受「轟炸」，可能是最接近完美的回憶。

或許我們在追求完美時，其實只是在懷舊？或是在這精準的數位世界裡，些微的缺陷反而更能夠讓我們體驗到「人」的感覺？

這聽起來都很矛盾，但在音樂的世界裡，多些矛盾、瑕疵和想像的空間，反而更貼近我們的心。有些不完美，反而更完美！

我在紐約時常去的黑膠唱片專賣店。

陪我上火星的十張專輯

只能帶十片CD！？好吧！既然iPod沒在身邊，只好慎選對我最具代表性和回憶價值的十張專輯：

01 Aphex Twin ╱《Selected Ambient Works 1985-1992》
Richard D James的實驗電音大作，對於音色的講究和音樂的前瞻性可以說是無可比擬。戴上耳機聽，保證神遊千里。

02 Soul II Soul ╱《Keep On Movin'》
高中時某一天因為無聊而買了這張專輯，完全不知道為什麼（它既不主流又沒有特別的宣傳），但這張專輯對我卻造成無比的影響力。一張專輯能把爵士、舞曲、靈魂音樂混得那麼優雅，成為R&B的一股清流（他們是英國樂團），對我而言是永遠的經典。

03 Sade ╱《Stronger Than Pride》
自從我知道談戀愛是什麼感覺，這張專輯就陪伴著我。對我來說，聽它就等於是在談戀愛。

04 Michael Jackson ╱《Thriller》
當時還是黑人的麥克‧傑克遜和製作人Quincy Jones擦撞出最閃亮的火花，百聽不厭，是流行音樂之最。我找不到一個聽了〈P.Y.T.〉而不想跳舞的人。

05 Bill Evans Trio ╱《Sunday at the Village Vanguard / Waltz for Debby》
行李有限，只能帶一張爵士，就必須選這張。尤其因為我自己是彈鋼琴的，雖然有些人覺得Bill Evans的演奏方式太軟，但我覺得那是細膩，令人回味無窮。

06 王菲 ／《天空》
我住在美國的時候很少聽中文歌曲，但聽到這張，我醉了。尤其在〈天空〉的前面兩分鐘，純淨的歌聲配上一個溫暖的synth pad，美得讓人想哭。

07 Pink Floyd ／《Dark Side of the Moon》
Pink Floyd在錄音室裡煮了一大鍋迷幻湯。聽這張專輯就像是看一部電影加上讀一本小說，層次豐富到難以置信。

08 Mylo ／《Destroy Rock and Roll》
近年來我很喜歡的一張電音專輯，不但funky到家而且很幽默。在火星辦轟趴一定超合適。

09 《Grieg, Schumann: Piano Concertos》 （Leif Ove Andsnes〔Piano〕with the Berlin Philharmonic）
通常葛利格和舒曼這兩位大師的鋼琴經典交響曲都會出現在同一張CD裡，也許因為它們加起來足以呈現整個古典音樂的浪漫尺度。火星的高山和深谷有這種襯托，最有FU。

10 XUAN aka DJ SL ／《Back to Citrus Mix》
最後一張還是選我自己很得意的mix CD，雖然從未正式發行，但網路上可以試聽（boogierotica.com/community/）。我之前辦過的每一場派對最歡樂的時刻都在裡面。如果火星沒有party people，就只能靠這個解悶了！

我與那些城市
的故事
02

當夜裡的車燈飛駛而過留下殘影，
在城市的各個角落，
隨時隨地，
巧合的碰撞正因為行動而化為緣分……

New York, I Love You
But You're Getting Me Down

046 | **紐約我愛你**（但你讓我很鬱卒）

2001年，我在哥倫比亞大學修了一堂出版專業訓練課程，並且在曼哈頓度過了一個美妙的夏天。課餘時，我參觀了大都會美術館的專題展、看了Off-Broadway的實驗劇、品嘗了Soho 新開的 tapas 餐廳，還在朋友的公寓屋頂上烤肉、坐纜車到羅斯福島賞夜景、在中央公園的草坪上做日光浴……短短的三個月，我過了一個「紐約蜜月期」。

幾乎每個年輕人剛搬到曼哈頓工作念書，一開始都會愛上這個城市。我呢，則是重新愛上了它。就年分來說，我可以算老紐約了。1980年移民到東岸時，紐約市依舊有1970年代那種無法無天的形象。那時候地下鐵仍是幫派的畫廊，42街是變態的天堂，哈林區還是「最好不要去」。當時的市長Ed Koch是個不折不扣的紐約佬，有著紐約猶太人獨創的那種「嗆中帶酸」的態度。他有句名言：「當所有人都錯的時候，所有人也都對了。」這個胡扯道理，倒也跟老紐約滿貼切的。當時的曼哈頓又髒又亂，但是好有味道。如今如果你說「當Koch做市長的時候……」等於向周遭的人宣示你見過「the REAL New York, baby！」

高中畢業後，我搬到了波士頓。與紐約暫時斷了關係，也因此特別懷舊。從後來 Dinkins 到 Giuliani 市長的執政之下，紐約逐漸步入主流，好像臭豆腐少了泡菜，讓我每次回來都覺得有點不對味兒。街上愈來愈多警察，愈來愈少塗鴉，Times Square 五彩繽紛的成人電影「XXX」變成了迪士尼看板。「法西斯市長」Giuliani 甚至挖出了一個叫做 cabaret law 的十九世紀老法條

重新執行。在這個法令下，沒有夜總會執照的地方就不允許跳舞。我還記得第一次在紐約的酒吧演出時，DJ 旁邊站了兩個魁梧的圍事，後面掛著一個大標示：NO DANCING！

直到2001年夏天從波士頓回來，我才發現無味的紐約其實還有很多味道。城裡少了那層油垢，多了些規矩，但也多了安全、多了選擇。到後來，我發現自己被同化之後，也開始開心地沉溺在精品與龐大媒體集團所打造的新紐約之中，甚至當沒有熟人在身邊的時候還會偷偷拿出相機，當起一個快樂的觀光客。我愛上了新的紐約，然後在一個碧藍清爽的九月早晨，兩架飛機終止了這場美夢。

911發生之後，我跟著慈濟到42街碼頭的救援中心搭帳篷，接待罹難者的家屬並發送援助金。一個星期內，我聽了上百個故事。我清楚地記得當時某一刻，我面前同時排排坐著：一位貴氣的上城名媛、一位額頭點著紅痣的印度媽媽、以及一位拎著三個孩子還挺著大肚子的警察老婆，我忽然發現那景象出奇地眼熟。那一刻我突然又回到了高中，在每天坐往First Avenue的L Train上，看著對坐一排冷酷的陌生面孔，幻想那堅毅的紐約客外殼底下，究竟藏了些什麼故事。

他們的故事和我對紐約所有的記憶和情懷，後來全部融在一起，再也分不開。七年後回顧日記，發現911那幾天我竟然一個字也沒寫。即使現在，還是說不清當時的感覺，只好借用地下搖滾樂團LCD Soundsystem 的一首曲名：〈New York, I love you, but you're getting me down！〉

那一年不到年底……我就搬回了台灣。

幾乎每個年輕人剛搬到紐約念書、工作，都會立即愛上紐約。

*By Chance
We Come To Fate*

夜店巧緣三部曲

以前還在美國念書的時候，每年回到台灣，都會去夜店老闆小林的 disco 打碟。那是一個迷惑耍酷的年代，而像我這樣從海外回來的 DJ 算是小池塘裡的大魚，自認很屌，就像每逢冬夏必出現的 ABC 們，雖然只是過客，卻把整個東區視為自己的地盤。

某天晚上我正要上台表演，突然有個 ABC 衝過來，唱片袋一丟，就用很破爛的中文說：「老闆叫我來這裡放歌！」

「哪個老闆？」我很不客氣，心想：「要跟我搶班，沒你的份！」

「我不知道他的名字。」

「把他找來！」

小林出現了。「有話好說嘛！你是紐約的，他是舊金山的，同台交流一下，好不好？」

「小林，你知道東岸跟西岸的音樂有很大的落差！可能沒辦法！」

小林輕輕拍了我一下，湊近說：「人家也是有關係的！」

台北的夜店，哪一個人不是有關係的？但我也不想製造麻煩，便跟那個ABC說：「OK！你一首我一首，看誰放得好！」

一開始彼此怎麼看都不順眼，豈知道一個晚上後，我們竟然已經稱兄道弟了。當暑假結束，他回西岸之前，我竟然還拍著胸膛說：「以後不管誰，只要是你的朋友，來台灣找我都沒問題！」

為什麼會這樣呢？原來是我和Paul（他的名字）在那天晚上，發現了我們之間一連串的巧合：

首先，我們唱片袋一翻，發現彼此帶了許多類似的音樂。對DJ來說，知音就是知己。後來聊，我才知道他不是ABC，而跟我一樣在台灣出生。我們都曾住在台北東區，小時候都在國父紀念館玩耍。問得更詳細一點，才發現彼此的老家距離不到幾條街。而真正的surprise是，我們竟然曾是光復國小的同學！我八歲移民出國，他也在隔年搬走。我們兩人在美國的東西岸各自長大、喜歡上同樣的音樂、苦練成為DJ、二十幾年後回到台北，竟然在一家disco的後台相見……

你說，這不是緣分是什麼？每次我講這個故事，台灣人都嘖嘖稱奇。

可是回到學校，研究所的朋友卻潑我冷水：「就統計學來說，這種巧合的機率應該是微乎其微，但是以社會學的角度來看，就有很多解釋空間。」

以他們理智又無趣的分析，住在同一個鄰里的人應該經濟條件相差不大，移民之後的環境應該也類似，再加上同一個年代出生的人本來就共享一些

喜好，回到台灣這個小島，社交場所的選擇沒那麼多，也更容易碰到面。

所以，如果我們統計出光復國小的同儕之中，有幾個人移民出國（在那個年代應該不少），其中有幾位可能去學DJ（當年電音還很新鮮，應該有幾個玩家），再加上每年暑假回台灣的可能性（頗高），而且在週末去小林的店鬼混（很有可能）……如此說來，我和Paul認識，應該是遲早的事！

好吧！如果這沒什麼了不起，check this out：

某年的七夕夜晚，我下班之後，在 DJ 台旁邊跟朋友瞎聊，認識了一位眼睛很大的女生。我們彼此很來電，交往了將近一年。

分手之後，隔年的七夕夜晚，我在同一家店的同一個位子上，看到一個眼睛同樣很大的女孩子，而且——準備好了嗎——她竟然跟我的前女友同月同日出生！

這下，連研究所的同學們都不得不說：「實在很巧！」他們接下來便問：「然後呢？」

我承認，雖然感覺和之前的女友有些落差，但我還是死纏爛打地對那個女生展開了強烈的追求，因為我一心認為那是上天安排的局，不能輕易放過。結果我們交往不到一個月就不歡而散。

朋友笑我說，這個叫「現世報」。

聽過「小木定律」嗎？那是劍橋數學教授 J.E. Littlewood 的發明。根據他的

定義，一個具有特別意義，而只有百萬分之一機率所發生的事情，可以稱之為奇蹟。假使我們平均每秒經驗一件事，而每天在外活動八個小時，那麼每三十五天就會經驗一百多萬件事。如此推論，我們應該每個月都會碰到一個奇蹟。只是我們不一定會注意到，而且注意到也未必會採取行動。

後來我想，我和那個女生的確是巧合也是緣分。隨機的事件總是在身邊發生，但是當我們將它賦予意義，隨機就成為巧合。重點是，當我們因為重視巧合而選擇行動，讓隨機認識的人能夠成為朋友，那就是緣分。

自從有了 Facebook 這樣的社交網站，我才清楚地見到人與人之間的密切關係。在同樣年齡層、類似背景，又住在同一個城市的社交圈之間，「六度隔閡理論（6 degrees of separation）」可能只有四度，甚至更少。

後來研究所畢業，我搬回台灣工作。某一天接到電話，聽筒那邊傳來一個很 ABC 的口音：「我是 Nick，是 Paul 在舊金山的朋友，他說我來台灣可以找你。」

我當時雖然很忙，但看在之前的緣分上，也立刻約了他晚上出來玩，並介紹很多朋友給他認識。Nick 後來成為了我的麻吉，每次表演都必來捧場。

剛認識不久的某一個晚上，Nick 在店裡喝醉了，跟一群兄弟發生了口角。我過去解圍，結果對方把我也列為目標。我們被趕出來，看見十幾個小弟拿著酒瓶和棍子在外面等著。

有人說：「快跑！快跑！」但 Nick 卻滿臉鐵青地站在那裡不動。我眼前閃過他躺在醫院裡的畫面。不知道哪裡來的狠勁，當下決定：我也不走！

腎上腺素高升時，一切都變得很慢。我們兩人等著第一個瓶子飛過來，突然旁邊有人說：「咦？你不是 Nick 嗎？」

大家轉向那個聲音。那個人走過來：「我們之前拍過戲，你是我朋友介紹的臨時演員。」

「噢！對啊！」Nick 這時才認出他。

那個人轉過身：「老大，他人不錯，可是中文很爛，也許誤會了！」

老大瞪我們一眼，這時保全也趕到了現場。他說：「算你不懂事！帶你朋友回去！」

我們坐上計程車離開了，過了紅綠燈便開始叫囂：「他 X 的！要是打起來我們一定可以把他們都擺平！」

時間過得很快。六年一飛就過去了。2008年Nick在台北結婚，我當伴郎，在一陣杯光酒影之中，連喝了幾杯大混酒，跌跌撞撞地走去廁所，突然被Nick拉到一旁。

「六年前那個晚上，你記得嗎？」

我笑笑：「當然！怎麼可能忘記！」

「兄弟！我們認識那麼久了，我後來常常想到那件事，每次都覺得自己不知道在傻什麼。」他說：「可是面對十幾個人，你竟然站在我旁邊沒有走。

我和Nick，2002年。

別人都說跑，可是你卻站住了。我只是要你知道，從那天晚上開始，我就確定你是我一輩子的朋友！」

我側過臉，眼睛突然一熱。說實在的，六年很久了，細節已經模糊，但是我記得當晚告訴自己，緣分不是好時才有，壞時則無。如果我跑了，也將失去這個朋友。我曾經一次又一次地因為移民、搬家、升學、工作而遠離身邊的人，也許當晚決定自己受夠了，既然有緣就要珍惜，儘管受些皮肉傷，或事後覺得傻，但無所謂，因為只有這麼做才有意義。

而那一晚，竟然又因為一連串的緣分而出現了一個奇蹟，讓我能在六年之後站在我朋友身邊，舉杯祝他一輩子的幸福。

這些只是我的故事。當夜裡的車燈飛駛而過留下殘影，載著尋歡的男女到城市的各個角落，隨時隨地，巧合的碰撞正因為行動而化為緣分。在這裡有人結婚、在那裡有人分手、在街頭有人打架、在巷口有人初吻……跨越著時空、拉高了距離，一切好像那麼地普遍，卻又都是個奇蹟。

Fool's Gold

洛杉磯的愚人金

十九世紀中，加州鬧起了一陣空前未有的淘金浪潮。成千上萬的人抱著一夜致富的夢想，千里迢迢乘著馬車去加州。有些人挖到大塊的黃色金屬，以為自己發了，但那只是 pyrite（黃鐵礦），看起來像黃金，卻毫無價值。之後英文俗稱 pyrite 為「愚人金」（Fool's Gold）。

走出 LA 機場，迎面就是一排耀眼的曲線。陽光滑過汽車的板金，跳上行人的墨鏡邊框，閃亮地一轉，打在我朋友 Alex 新的吉普車上。

「歡迎來到『啦啦』（LA LA）！」他跳下來，雙手一比：「我搬來第二天就買了。還加上輪胎蓋，怎樣？」

我故意仰慕了一番，豎起兩根拇指：「炫！」

他臉上閃出一個大笑容。「快點上車吧，我們在趕時間！」

「去哪裡？」

「我剛接到電話，有個午餐會議，沒空先帶你到我家了，就跟我來吧！」Alex 是我的學弟，在大學曾經是戲劇社社長，畢業後去倫敦當經紀人，然後跑去搞網路。三個月前公司倒了，他搬到 LA，透過一些明星朋友的關係，現在在好萊塢最夯的製作公司上班。

我們在 La Cienega 大道上飛馳。他一手開車，一手翻 CD。

「這是 Sasha 最新的！」他把光碟塞進去。頓時一陣強烈的 bass 讓整個車子都抖起來。

「告訴你，我後悔沒早點搬來！」他說。

隨著強烈的拍子，LA 的景象躍入眼簾。這裡跟紐約很不一樣。紐約的高樓征服了天空，但 LA 四處都是平房，街道又寬，我懷疑這是為了讓大家能曬到更多太陽。

Fred Segal 是個高級服飾店兼餐廳，也是好萊塢片商常來的地方。樓下的咖啡館賣的是有機沙拉和果汁。到處都是金髮和高跟鞋。

我們坐在戶外的位子上，太陽曬得我懶懶的。Alex 在跟一個禿頭的中年人談生意，據說是個有名的製片。Alex 說我從台灣來，那個人問我跟李安熟不熟。我還沒回答，Alex 先插嘴說：「他誰都熟！」

唰！一張名片飛到我面前。「下次見到 Ang，代我向他問好。」

會議結束，Alex 捧著一疊紙，在停車場裡一面走一面看。

「那是什麼？」我問。

「老兄，這就是好萊塢的黃金！」他說：「一個還不到二十歲的小孩寫的劇本。好故事、好劇情、經典的對白，竟被不識貨的公司退掉，積了三年的

灰。最近他的另一個腳本,賣了二十多萬美金,現在大家都回頭搶著要他
之前寫的東西。這個……」他揮著手中的紙:「就是好萊塢目前最搶手的
寶物!」

坐上車,他立刻拿起手機。

「喂,Dallas,是 Alex……對,製片看過了腳本……愛死了……對,這個角
色非你不可……好,我今晚帶去給你……bye!」

掛上電話,他簡直開心得闔不攏嘴。

「這裡只有兩種人,」他說:「想要成,和已經成的。今晚你就會知道我的
意思了!」

因為時差,我睡了一整個下午。到了黃昏,當椰子樹在桔紅的天空下成為
紫色的剪影,我和 Alex 開車到好萊塢西邊的一個住宅區,在一棟兩層樓的
白房子前停下來。車道上有一台銀色 Porsche 911。

「那是 Poochie 的車!」Alex 倒吸了口氣:「你要有心理準備了!」

走進房子,四個人坐在擺滿蠟燭的客廳裡。我立刻聞到大麻的味道。一位
穿著牛仔褲和 T 恤的年輕男生看到我們,跳起來打招呼。Alex 把腳本塞到
他手裡,他把它捲起來,當槍管似地對著 Alex,碰碰!兩下。Alex 緊張地
笑了起來,假裝中彈倒在地上。

「Hey man!」他跟我握手。「我是 Dallas。」

我愣了一下。Dallas 是個偶像級演員，自從出現在一部極為叫座的奇幻電影之後就爆紅，連我妹妹都超哈他。最近我還在華納威秀看見他新片的海報貼滿整棟樓。他本人真的很帥，但比我想像中個子小很多。

另外三個人—— Poochie、Felicia 和 Tango—— 懶懶地向我們打了個招呼。Poochie 是某國際五星飯店集團老闆的女兒，職業 party girl，也是八卦報的最愛。另外兩位我沒見過。

正要坐下，Poochie 突然尖叫：「不要壓到我的狗！」

原來有一隻跟沙發一樣顏色的吉娃娃趴在那兒，像隻大老鼠。

「寶貝，過來！」牠跑過去，被 Poochie 放進一個 Chanel 的狗包包裡。

Alex 清一下喉嚨，說：「嘿 Dallas，關於那個劇本……」

Dallas 完全沒理他。「先去吃飯吧！」他拍拍手：「我餓死了！」

「我也餓死了！」Poochie 抓起貼滿水鑽的手機。我們六個人擠進 Tango 的 SUV。

「去哪裡？」

「我要吃清淡的。」Felicia 懶懶地說：「比較健康。」

大家都喃喃同意，健康比較好。

Tango 開車像打仗一樣。不到五分鐘，突然一個緊急回轉，停在一個日本餐館前面。「這家怎樣？」

「嘔！難吃！」Felicia 說：「去那個附近的墨西哥餐館好了。他們的瑪格麗特很好喝。」

我正想說墨西哥菜一點也不清淡，Tango 又一個回轉，往那裡直奔。

餐館已經客滿。走進去，大家都轉過來看我們。老闆馬上跑出來道歉：「對不起，Dallas，要是你之前給我打個電話，我可以幫你們留位子，可是現在至少要等十分鐘……」

Dallas 四處張望了一下。我們又回到了車上。

盲目地開了半個鐘頭之後，我們終於決定去「漢堡哈姆萊特」（Hamburger Hamlet）。那裡幾乎沒人，只有一個打扮像瑪麗蓮夢露的領台，和幾個像貓王的服務生。我想，他們八成都是還沒成的演員。我跟著 Dallas 這群人走進去，簡直就像是皇室駕臨。所有的服務生都閃開來，露出崇拜的眼神。

Poochie抓著Felicia去上廁所：「我們要去撲點粉！」這時Tango彎過來，小聲地對我和Alex說：「Felicia是個兔女郎。可是她告訴別人她是模特兒。床上功夫超爛。」

「超爛。」Dallas 點頭。

兩個女生回來了，揮手跟貓王點了差不多夠十五人吃的東西。Tango 打了通電話，然後一位高挑的以色列模特兒突然也滑進包廂。

「我是不是在 Hef（Hugh Hefner，《花花公子》雜誌創辦人）的 party 上見過你？」Felicia 問那個女生。

「你是說粉紅 party 嗎？」

「不是，黑白 party。」

「我沒去。」

「噢。」

我發現，這些女生好像不記名字，都是以 party 來辨識彼此的。

「Hef 是個過氣的老色狼。」Poochie 說。

「走吧！我吃飽了！」Dallas 掏出兩張百元美鈔丟在桌上。滿桌的漢堡、薯條、炸洋蔥圈、可樂，我們幾乎沒碰。

離開餐館，Tango 和他的以色列朋友先走了。我們在好萊塢大道上，街上有很多車，每一部都搖下窗戶，放著很大聲的音樂。幾個年輕女孩坐在一部白色加長轎車的天窗口。奇怪，怎麼跟電影裡的場景一模一樣？難道這是假的？

突然又聞到大麻的味道。原來是 Poochie，大辣辣地掏出煙斗，直接在中國
戲院對面抽了起來。

我們不知道要去哪兒，便去看電影。電影叫《Jackass》，毫無劇情、毫無道
理，只是在記錄一群不管死活的男生跟彼此玩虐待遊戲。Poochie 一直狂
笑，說她已經看過四遍了，一次比一次好看。我覺得那是我這輩子看過最爛
的電影。Alex 也撇著嘴，但 Dallas 對此片的評語竟然是「不錯」。出來之後
Poochie 的狗還在電影院的大廳裡大便，她說：「噢！你看多可愛！」然後
就大搖大擺地走了。

「名符其實吧！」Alex 小聲地說：「撐著點兒，老兄。」

接著我們去了一家 lounge。外面排了一堆人，但我們當然直接走進去。這
時 Poochie 突然回頭問我：「你說你是從哪裡來的？」

「台灣。」

「噢！」她想了一下：「那不是專門做塑膠按摩棒的地方嗎？」

我火大了。「小姐，世界上百分之六十的半導體都是在那裡生產的！」

「那是什麼？」她問。

我想回嘴，但她已經混進了人群。

Dallas 跑進 VIP 室。Alex 追過去，卻被外面的彪漢擋住。

我在洛杉磯的天空下。

「對不起，私人派對！」

Alex 回頭假裝沒事，但我看到他臉上的表情。當年戲劇社的藝術天才，在校園裡呼風喚雨的老大，現在只能苦笑。
「來吧！」我拍拍他肩膀。「你可以請我喝酒！」

那天晚上我們都喝多了。Dallas 被一位比他大十歲的女星帶回家。Poochie 不知道是撲了太多粉，還是呼了太多飯，反正最後掛了，由保鏢偷偷護送回家。

第二天醒來，Alex 已經出門了。LA 的陽光從窗簾照進來，這時我才發現自己睡的沙發旁邊堆了一紙箱一紙箱的電影劇本。隨便抽了一份出來，翻了一下。好一篇愚人金。

註　　這是我親身經歷的《大明星小跟班》（Entourage）真人版。雖然不難猜出故事裡的明星是誰，但我還是把名字都改過了，因為那些人的律師一定比我的厲害。

The Troubled
Mr. Wong

| **王先生的煩惱**

台灣人的拼勁，全球皆知。住在台北的六百萬人口，夜以繼日地處在各種毫無間斷的競賽之中，無論走路、騎著機車、開小貨車，有路就衝、見洞就鑽，而計程車運將則是其中最無懼的馬路戰士，以他們的橫衝直撞、焦躁性情和直言不諱而聞名。

某天我去參加一場研討會，搭上了王先生的車。他彈一下計費表、摸摸腦勺，從後照鏡打量我一眼：「穿得這麼正式，去開會噢？」我有點不耐煩地回說：「是的，有點趕，拜託！」他哼一聲：「你們不趕就不會叫車了，不是嗎？我載完你，也要趕回家，我兩天沒睡啦！」

聽他這麼說，我就不敢再催了。他笑笑，趕緊補一句：「不用緊張啦！我們開大夜班的，都是安全第一。」

路程很遠，他一邊開一邊講故事。我原本心裡想，只要他不打瞌睡，我就繼續陪他聊。誰知道，他的故事竟然那麼地驚人。

王先生說，前天值班時，天還沒亮，他看到一個年輕小姐獨自站在台北的街頭。通常在那個時間，穿得如此時髦的小姐不是在等男友就是在等「人客」，但王先生還是習慣性地對她叭了一下。小姐突然回神，伸手攔他，坐上車說：「帶我去海邊。」

計程車上，總是充滿了故事。

「哪一個海邊？」王先生問。「基隆嗎？還是東北角？」

「東北角漂亮嗎？」

「這時候看日出應該不錯吧！」

「好。」

小姐側著臉對著窗外，看不出什麼表情。王先生把收音機關小，讓她好睡。「沒關係，謝謝。」她說。

天空開始有點顏色了。他開在金山的公路上，一邊是陡壁，一邊是海。女孩子搖下窗戶，閉上眼睛，突然說：「就這裡吧！」

女孩子下車了，王先生離去，從鏡子裡看她獨自站在那兒。「我們不管客人的閒事，可是我愈想愈不對勁，開了幾公里之後，還是掉頭回去找她。」

王先生下車張望了許久，終於在遠處看到她時，她已經是浪花中的一個小點。他連忙爬下石堆，拼命喊叫。浪很大，王先生沒脫衣服就跳進水裡，膝蓋好幾次撞到石頭，也磨破了手。女孩子還清醒，只剩頭還沒泡進水

裡，而被王先生拉回岸邊時並沒有掙扎。一到了岸上，她立刻跪下來低頭痛哭。

王先生默默地陪著她，兩人在岸邊吹著風發抖，好久都沒說話。過了許久，女孩子慢慢地站起來，濕答答地走回車上。王先生直接送她去醫院，臨走前留下手機號碼。過了幾個小時，他收到一通簡訊：「謝謝。」

「你還有再跟她聯絡嗎？」我問。

「沒有！我留下電話，已經做太多啦！」王先生說：「後來跟別的司機聊，他們說我是碰到了水仙，還好八字夠硬，沒被拖下去，他們叫我趕快去求神保庇。有的還說：『夭壽噢！這就是水鬼在找替身。你阻止人家超渡，小心改天遭報復！』所以啊，我這兩天都沒睡好！」

聽到王先生這麼說，我有點傻眼。

在這個社會，我們時常見到別人的困難而不敢行動，因為害怕自己能力不足，幫了倒忙，還給自己惹上麻煩。但是為什麼別人還會叫一個英雄去求保庇？為什麼王先生做了善事還無法心安？

後來，我把這件事用英文寫成文章，發表在一個國外的網站，得到很多回應。有讀者告訴我，許多國家有所謂的「撒馬利亞法」，保障在緊急狀況提供援助的非專業人士，可以免於任何後果所產生的官司。

不知道台灣是否有這樣的法令，這可能比拜拜更實際一些。

回到王先生，當時我除了驚嘆之外，只能說：「老天有眼，我相信你絕對會有好報的！」

王先生淡淡地笑。

「年輕人啊！你看起來一輩子都很幸福。像我到這年紀，就知道天下沒有絕對的事。你看看現在的社會是什麼樣子！每天在路上，有時候我覺得載到的鬼比載到的人還多！」

沉默了片刻。車子在紅綠燈前停下來，王先生長長地嘆口氣，說：「我還是等下給她打個電話吧……知道她沒事，我也比較好睡！」

A Fine Cup
of Tea

在銀河洞喝杯好茶

「我們在貓空泡茶。這裡正在下雨耶！」朋友在電話裡叫著。

抬頭一望，從忠孝東路四段的水泥峽谷中，隱約可以見到天上的新月。很難想像在這清爽的早冬夜晚，不到二十公里外的貓空竟是完全不同的氣候。

台北盆地外圍的文山區，正是因豐沛的雨量及微酸的土質，形成了種茶最佳的條件。早在十八世紀，來自福建安溪的居民便在此地耕種茶樹，兩百多年來培養出三十多個品種，其中以茶師張迺妙所引進的鐵觀音最出名。近年來，台灣北部的茶業雖然多半轉到外地，但文山地區仍舊有許多小茶莊經營著研發及推廣的事項。張迺妙的後代很坦白地告訴我：「一開始接手茶園算是奉命，但後來也成為了使命。」

纜車的開放把貓空變成了台北的觀光重點，即使在平日，纜車站的隊伍都可以跟迪士尼樂園媲美。小吃、快炒、咖啡館隨處可見，多半的茶館也搖身成為複合式餐飲。但其實真正愛品茗的客人都知道，好茶應該在安靜且不受異味干擾的環境中慢慢享用，才能徹底欣賞到它的精華。

唐代的《茶經》談到煮茶，寫得很清楚：「其水，用山水上，江水中，井水下。」也就是說來自山上的水煮茶最佳，而貓空地區的山泉水經過含煤地層的過濾，水質相當不錯，只是或許為了方便或是衛生，當地茶館都用自來水泡茶。就我看來，這實在很可惜。

於是當我選了一個晴朗的日子前往貓空，為的不僅是喝它的茶，更是要喝它的水，而聽說最好喝的水，就是在銀河洞。

銀河洞是一個岩壁上的天然洞穴，頂上流著楣子寮溪，遇上斷壁直直落下，形成一縷飛瀑。它在民國元年被發現之後，當地居民在洞裡建立了「呂洞賓廟」，據說這裡的「靈泉聖水」不但清甜甘美，更有清心解愁的神奇療效。嚴格來說，它屬於新店市的一部分，但「市」一字容易誤導，因為它隱藏在森林之中，從貓空要走數十分鐘的山路才能抵達。當地人或許也為了保護它，並沒有設很多明顯的標示。我問了好幾個人，才得知它的路徑入口藏在一所「晨曦茶坊」後面。我沿著台階步上山嶺，在一片鐵觀音的樹叢之中，找到了「樟湖步道」，沿著它進入綠色的世界。

陽光碎碎地從樹葉之間灑下。走在沉木步道上的感覺，像是沿著一個被時光遺忘許久的老鐵路軌道上探索，只是少了那兩條鐵軌。兩邊長著濃密的深綠蕨類，其中點綴著紅色的非洲鳳仙花，彷彿有人刻意這麼種的，卻又刻意得很自然。路途中偶爾見到的人煙，則是幾個零落的鐵皮屋，大門上閂著鐵鏈，旁邊小小一塊蘿蔔田。不過有幾個地勢較高的地方，竟然可以從樹林之間見到山下一片灰灰黃黃的市區建築。在周邊的寧靜之中，那市區的景象不但看起來非常遙遠，而且一點也沒有殺傷力。

往銀河洞的道路也沒有讓我內心的探險家失望，先是隱約聽到水聲，突然一個急轉便直直往下，要不是旁邊設有扶手，還真的有些危險。這麼往山谷中走下幾十公尺之後，眼前出現了令人驚嘆的奇觀：在那一片綠蔭之中，有個充滿了陽光的岩壁，一條白色飛瀑像緞帶似地垂直灑下。那就是銀河瀑布。

雖然當天貓空地區擠爆了，但銀河瀑布這裡卻不見人蹤，更加深那世外桃源的感覺。岩壁上的洞裡露出一個香爐，壁上題著「銀河洞」三個大字。我沿著旁邊的石階往上爬，走入了呂洞賓廟，先是一陣陰涼的濕氣，四周水聲滴滴答答，但走入佛堂，西曬的陽光則把洞穴照得一片溫暖金黃。一台小收音機放著佛經，香爐的煙在光下瀰漫著。我帶著敬仰的心祈禱片刻，穿過佛堂繞到瀑布的背面，發現有容器在這裡接著灑下的水，繼續往上走，最後在路的盡頭，看到一尊身著黃道袍的神像，上面註名為「呂仙祖」。仔細看，發現他左手握著一個管子，接著旁邊一個大水桶。想必這就是傳說中的靈泉聖水。我蹲下，轉開水桶的龍頭，深深喝了一口。

什麼感覺呢？只能說一陣涼意直入心頭，頓時消除了全身的疲勞。山泉的確甘美，清爽又完全沒有化學味。可惜我沒有帶任何容器，只能喝了再喝，滿足了飢渴之後，設法牢記這好水的味道。

再度回到呂洞賓廟中，見到一位老先生在打掃。我用破爛的台語問他是否住在這裡，他說沒有，但住附近，然後看著我，換成國語問：「你從哪裡來？聽起來不像台北。」

「噢！那是因為我常年住在美國。」我有點不好意思地說。

「是嗎！」他說：「美簽最近漲價了！」

這句話出自他的口中，就像是高山居士突然聊起電玩一樣。我先怔了一下，才記得這個似乎與世隔絕的地方，其實離市區不過半個小時的車程。老先生笑笑，拿出一把凳子：「我再過幾個月就要去康州看我兒子。坐坐坐，休息一下喝杯茶吧！」

老先生說，他已經掌管這個廟將近二十年了。「這裡全是靠村裡的人自己經營的，政府不曾給過一毛錢！」

我看著牆上題的銀河洞傳，描述民國初年，因為採蘭花而發現銀河洞的劉金買先生，整個故事寫得像是〈桃花源記〉一樣傳奇，但是以感覺來說，形容這裡為城市桃花源，一點也不為過。

老先生拿起一支看來頗有歷史的大壺，把茶水倒進兩個瓷杯。

「這是用山泉煮的包種茶，歡迎你來到銀河洞！」

我坐在那裡，品著淡香的茶，與老先生聊著美國。他掏出孫女的照片，露出滿臉的喜悅。在那一刻，遠離嘈雜的市區及擁擠的茶館，我體會到為什麼茶、水、環境與人之間的呼應，才是茶道的精神。

那的確是杯永生難忘的好茶！

我在銀河洞，遠離塵囂。

傳說中的靈泉聖水。

Orchid
Island

Si-Omima——掌管蘭嶼的最高天神——應該知道我們的困境而展現了慈悲心。之前一個多禮拜的狂風暴雨讓船隻和飛機完全無法靠岸，但天氣就在那個下午突然好轉。即使如此，當我和 Discovery 頻道的攝影組一起搭乘的十六人座 Dornier 228 螺旋機一碰到陸地，強烈的側風還是差點把我們掃出跑道。

「這肯定是今天最後一班了！」機長宣布。剛說完，雨又下了起來。

簡陋的候機室是空的，接待人員也不見蹤影。我們聽著雨聲，隨著時間放鬆，讓自己慢下來。過了一個多小時，司機才終於出現。原來昨晚一場大雨造成了坍方，切斷了島上唯一的公路，使他不得不繞一大圈來接我們。

他的破爛廂型車鏽到幾乎看不出曾經是白色的。我們幾個人和攝影器材上去之後，引擎發出快要罷工的聲音。

「希望你們沒有著急！」司機笑著說：「這樣的天氣，真的沒什麼事好做，連餐廳也沒開，因為漁船都進不了港。」

這時對面來了另外一台車。司機探出頭叫：「前面路不通！」

車裡的人揮著手笑說：「好！好！」然後又繼續慢慢地開入泥濘。

雖然我們得環島走「觀景道路」，但可以說是因禍得福，因為它揭露了蘭嶼不同面貌的美。沿著人口稀少的東岸，道路上下起伏，一邊緊鄰著翠綠山丘，另一邊則是艱險的岩岸，岸邊海浪拍打著數層樓高的黑色巨石。在沒有浪的地方，海水幾乎是彩虹的鮮豔靛藍色。

據說蘭嶼周遭有好幾個適合潛水的礁岸，但目前大部分的人還是選擇去綠島，因為那裡有完善的觀光設備和天然溫泉，而蘭嶼則是兩者都沒有。來這裡最大的樂趣真的就是什麼也不做。之前我就聽說，蘭嶼的達悟族人對時間的概念是極其主觀的，大多數活動都是要「看狀況」而行。例如有人蓋房子時，經常會在動工當天才開始找幫手。我猜想在如此捉摸不定的天氣下，計畫什麼也沒太大的意義。

我們這次主要是來拍攝蘭嶼的飛魚祭。傳說中，達悟人一開始不懂得如何捕魚，過著很困苦的日子。Si-Omima展現了慈悲心，便召喚一個老人和他的兩個兒子到海邊，並派一隻飛魚停在岩石上，展開雙翅對他們說：「我們是天神創造的飛魚，你們可以捕食我們，我會告訴你如何辨識我們不同的品種、到來的時間，以及如何召喚我們前來……」人們遵照飛魚的指示，果然在當年就沒有餓肚子，因此每年在捕魚季節開始時，必然向神魚們舉辦祭祀典禮。原則上，飛魚祭舉辦於每年三月第一個無月夜晚的黎明，但雖然我們之前打了許多電話，卻一直問不出確切日期，因為大家說只有長老才能決定。由於島上一年大約有兩百七十五天都刮著強風，漁民要出海也得看狀況。

鎮上幾乎杳無人煙。老人和幾隻山羊從容地漫步過街，禮品店的窗戶像是塵封了好幾年。我們好不容易找到了一家仍在營業的餐廳。牆上的菜單很簡單：「炒飯、炒麵、青菜、魚。」

蘭嶼的獨木舟。

對蘭嶼人來說，飛魚是天賜的食物。

「這裡有三種魚：男人魚、女人魚和老人魚。」老闆解釋說：「男人魚有比較結實的肉，腥味較重，是給男人吃的。女人魚口感較柔軟、細緻，所以給女人和小孩子吃。老人魚是最差的，給老人吃，但我們現在不會這麼做啦！」

「那我們吃的是什麼魚？」我問。

「你們是遊客，」他回答說：「你們吃遊客魚！」

第一晚就寢的時候，牆外的風猛烈呼嘯，雨水拍打著窗戶，讓整棟房子就像在洗車機裡一樣，窗簾旁的地板上漸漸積出了一個個小水灘。我睡不著，靠著枕頭繼續閱讀達悟族歷史：

學者們認為達悟人約八百年前才從菲律賓的巴丹群島來到蘭嶼。早期的歷史幾乎都只是傳說，而學者們記錄長老的口述時，發現他們只有三種方式來回憶過往：「很久以前」、「不久以前」，和「在我出生之前」。

早期的蘭嶼充滿著部落之間的戰亂，連兄弟間也相互殘殺。他們的暴力行徑惹怒了 Si-Omima，於是祂使出一場海嘯，讓島上連續九年被海水淹沒。人們逃上山頂，除了跳蚤之外沒有其他食物。有一天，竟然有一隻老鼠從天上掉了下來，但近乎絕望的人民決定把老鼠丟到海裡，並祈禱說：「我們把你丟回去，希望天神能夠可憐可憐我們。」（奇怪，難道他們不知道老鼠不會游泳嗎？）終於，Si-Omima 起了憐憫之心，退去了洪水，讓倖存者總算可以下山展開新的生活。

兄弟之爭、洪水的懲罰、新的開始……這些都跟舊約聖經的創世紀很像。

我不禁懷疑這是否是因為當基督教傳入蘭嶼時，融入了原來的傳說而無意之間改變了長老們的回憶？傳說還有一段：「很久以前」，一對達悟兄弟在山上遇見了一個穿戴奇特，自稱來自地底的男人。他帶領其中一個兄弟到地底世界，教他如何耕作、造屋，還有如何栽種芋頭與小米……不知道那到底是何方神聖，但就達悟人的記憶所及，他們確實從此就過著這樣的生活。而「不那麼久之前」，又有一群穿著奇怪的男人出現在蘭嶼，教達悟人蓋地面上的房子，並鼓勵他們種植白米——這些男人則確定是來自台灣的阿兵哥。可惜此地的環境不適合種稻米，而許多早期的平房因為蓋在沙質地上，後來塌的塌、倒的倒，人們只好回去住地下屋、種植芋頭兼捕魚。但孩子們這時已經愛上鬆軟白飯的滋味了，所以他們現在只好從台灣進口米糧。啊！原來統治人民的胃口也算是一種殖民主義。

隔天早上，風雨依舊交加，但不一會兒便奇蹟似地停了。厚厚的烏雲群聚著，猶如水上摩托車在平靜的海面般快速地飄過天空。我們的攝影團隊趁著氣候緩和的空檔盡速取景，對抗著強風與瞬息萬變的光線。這樣的天氣轉變也帶來了另一個好消息：飛魚祭已確定即將舉行了。

跟著我們團隊一起從台北下來的造型師 Tina 正好是達悟族人，小時候也在蘭嶼度過童年。回到這裡，她比所有的人都要興奮。

「你什麼時候才到台灣定居的？」我問她。

「十五歲。因為這裡沒有國中以上的學校，如果你想學捕魚以外的技能，就必須離家。」她說：「你知道嗎，這裡的老人稱飛機為『巨鳥』。他們總是說：『巨鳥又來把我們的孩子帶走了！』可是我很開心，這裡幾乎沒什麼改變。我珍惜這個地方，每一個角落、每一個縫隙都充滿了回憶。」

老人們所感傷的也正是蘭嶼的一大問題。由於這裡發展的規模有限，年輕人大多都去台灣找機會了，只剩下少數的幾個在島上南側的核能廢料場工作。自從1982年，台電在這裡丟了大約十萬桶核廢料……工廠初建時，官方告訴人民那只是一個罐頭加工廠。雖然政府現在保證沒有污染的危險，但謊言依舊是謊言，而達悟人因此永遠對台灣人保持著某種程度的戒心。這不是一個容易生活的地方；天氣太亂、風太大、物資太少。但是這艱苦的環境也有一種很極端的美，一會兒狂雨暴浪，一會兒烈陽四射，讓人在這裡感覺很小、很無力，完全在Si-Omima的操弄之下。但是這裡確實有一個比台灣更多的寶貴資源：時間。很可惜它無法成為出口產品，不然蘭嶼的居民早就致富了。

隔天清晨天還沒亮，我們出發尋找即將舉辦飛魚季的 Iratay 漁人部落。來到海邊，只看到黑色岩岸上放了幾艘傳統的達悟拼板舟，但還見不到人。慢慢地，有些男人騎著摩托車來了。他們默默地提著塑膠桶和工具走到岸邊，生火燃燒乾草，並用羽毛裝飾拼板舟的船首和船尾。他們的傳統禮俗服裝已經被棒球帽和防風上衣所取代了，我只有看到一個男人穿戴著傳統的丁字褲和銀帽。

根據傳統，飛魚祭是不允許女人和外來者到海灘上的，但不知從哪裡突然冒出來兩台遊覽車和數十位遊客。起先大家還保持著一點距離，但很快地旅客們便開始不耐煩而逐步靠近船隻。岸上的達悟人完全沒有理會四周的群眾，不久之後，閃光燈便開始此起彼落，大家也毫無禁忌地在海灘上走動。不曉得這些遊客是否付過錢，但即使歐巴桑直接走到船邊合影，也沒有引起達悟族的抱怨。

經過一小時的準備之後，達悟族男人便集體坐進拼板舟。部落的長老以達

悟語大聲地召喚著大海。接著，六位壯丁抬著一個木頭籠子到海邊，裡面裝了一頭豬。大家一擁而上，擋住了我們的視線。Discovery 的主持人轉身問導演：「我可以不要過去嗎？」導演點點頭：「還是保持距離吧。」

豬的慘叫聲讓整個岸邊都安靜下來。不知道為什麼，殺生的過程好像拖得特別久。我一輩子也忘不了那隻豬所發出的聲音，先是憤怒，然後絕望，接著成為一種凶神惡煞般的淒厲嚎叫，最後當它的喉管被割斷，慢慢地嗆死在自己的血裡時，化為一連串的噎嗽聲。原本就吃素的主持人終於受不了而崩潰了。我想安慰她，又不知道能說什麼。這是自古以來的傳統，也是當地的文化，我們身為旁觀者的身分是沒有批評立場的。我只能在扶她上岸時沉重地說：「這……是以生命換取生命吧。」她哭著點點頭，走回車上，留下我和攝影師觀摩剩下的祭典儀式。

豬的鮮血被盛裝起來，男人們輪流以手指沾血，走到水邊點在黑色的岩石上：「海岸啊，我現在碰觸著你，祈求你保佑我健康長壽，也保佑我和我的子孫平安喜樂。」接著他們牽著自己的兒子去摸那塊岩石：「海岸啊，我的孩子用他沾著血的手來觸摸你。」然後他們摸著海水說：「大海啊，我們正摸著你哪！祈求你像臉盆裡的水一樣平靜，讓我們平安地出海捕撈我們用鮮血召喚的飛魚，就如同我們的父親在天上保佑我們一樣。願你安息。」

沒有音樂，沒有舞蹈，整個儀式就如同它唐突的開始一樣，也突然地結束。男人們帶著沾了血的竹子（一種保佑全家的護身符）騎上摩托車回家了。遊客們則是擠到那隻死豬的血跡四周指指點點著。也許這曾經是件非常莊嚴的大事件，然而現在卻只有一種充滿了妥協的感覺。

蘭嶼的未來是什麼？當天，我和幾位當地人在幾瓶啤酒之後，開始聊起這

個話題。他們提到潛水觀光、舉辦國際環保議題研討會，並推廣達悟族文化與傳統藝術，讓一些人才願意回來為這個島注入年輕活力。「我們需要創造這個島的價值。」他們說：「要不然未來很難講。」

Tina 則認為這裡不需要改變，但幾天後她將回到台北，在播放著最新流行音樂的美髮沙龍裡，繼續追隨著時尚的快速腳步。對她而言，蘭嶼的未來，最好就是以不變應萬變。

而台灣電力公司在達悟人的抗議下，也多次宣布蘭嶼的核廢場將盡速遷移，但實際在哪一年完成，沒人敢說。以上萬年的半衰期而計，核子廢料不僅是達悟人的問題，也是人類永遠的問題。

公路修好了，我們回到機場，發現跑道上有很多小朋友溜著排輪、騎著腳踏車。夕陽把他們的影子拉得很長，彷彿看到他們長大後的未來身影。在不遠之處，海浪依舊翻滾著，風依舊吹著，像是 Si-Omima 的嘆息，等著明天的巨鳥飛來，帶走祂的孩子。

蘭嶼的，海。

參考文獻 | 董森永（Siaman-mivilang），雅美族漁人部落歲時祭儀。台灣省文獻委員會，台灣，1997。

余光弘與董森永（Siaman-mivilang），臺灣原住民史 - 雅美族史篇。台灣省文獻委員會，台灣，1998.

照片提供 | MaoPoPo（P.76、83、45右圖）
小V（P.77）

Stay True : Tibet

 | **走吧！去西藏**

我在 2005 年的夏天去西藏住了將近一個月。當時特別趕在青藏鐵路完工之前，因為我知道一旦通車，當地的生態就會永遠改變。我去那裡，也是為了擺脫台北市的焦慮：廢氣、噪音、九十多個呱噪的電視頻道、總在叫人「買這個！」、「買那個！」的奢華消費文化，把我的心蒙上了一層厚厚的塵埃。即使深夜坐在家裡，眼前還是有上千封的 e-mail 沒回，一堆電話沒打，還有排得密密麻麻的行事曆。日復一日趕東趕西，我猶如陷入漩渦，身不由己、力不從心。於是我告訴自己：夠了！走出去吧！

我滿腦子充滿著一個浪漫的願景：我，獨自站在一片荒蕪的青藏高原上，四周環繞著雪山白頂，冷颼颼的風迎面吹來。我想像自己張開雙臂，深深地呼吸，然後在那一瞬間，思想會豁然開朗，自由的心會脫穎而出。後來，這個夢想是否實現？答案是一半一半。我確實喘著氣，爬到五千多公尺的山頂上吹著冷風，凝望著遼闊如海的冰河湖。也曾靜跪在煙霧瀰漫的老寺廟中，由仁波切為我灌頂。但我始終沒感受到「頓悟」的那一刻，久違的青春活力也沒有如期跳出來大喊：「I'm back！」相反地，所有的改變都是慢慢地發生，心中的塵埃每天掃掉一層、掃掉一層，逐漸變得比較不模糊而已。

但是西藏的生活，無可否認，已進入了二十一世紀：游牧民族的帳棚裡擺的是 DVD 放映機，朝聖者帶著行動電話，僧侶還會用電腦設計曼陀羅。即使到了日喀則，一個位於後藏的小城市，店裡居然放的是〈老鼠愛大

我在五千多公尺高的山頭上。

米〉。剛開始,這些經驗像是一種污染,但後來我不得不接受現實,從其中撿拾我要的純樸感。

而西藏那亙古不變的美景,其實也從未靜止過。每一樣東西都在動,從山脈的起伏、河水的綿延,到瞬息萬變的浮雲和光影。驅車出了拉薩,我很快便了解為什麼西藏人拜山又拜水。每一座山都因為岩石、日照角度、青苔和樹叢的分布而呈現截然不同的風貌,彷彿有各自的性格,而每一座山都有不同的名字。照片上雖然看起來都差不多,但親身處在其中就會發現它們都有表情,時而陰鬱,時而莊嚴靜謐。在雲散日現、晴日當空時,就連七千公尺的高峰看來也十分可親,似乎可以直接走到頂上堆雪人。

在西藏人的信仰中,山神是男性,而掌管湖泊的則是女神。我乘車到西藏最有名的聖湖——納木錯(Namtso Lake),標高 4,718 公尺,面積 1,900 平方公里,是世上海拔最高的鹹水湖。湛藍的湖水延伸至遠方的地平線,陣陣的強風在湖上颳起海浪般的波濤。在藏曆四月,各地的朝聖者會聚集到此繞湖朝拜,尤其是想生孩子的婦女,普遍認為來這裡祈禱就一定會實現,因為湖泊是所有生命的發源地。湖面上沒有任何船隻,也禁止游泳和釣魚,如果要用湖水洗手,還必須先用桶子把水提到岸上去。但是來這裡的觀光客卻可以騎著犛牛踏浪——當然是要付錢啦——每次浪花一濺,必傳來許多尖叫聲,因為水實在太冰冷。

西藏城區。

游牧民族的移動城堡。

西藏水源十分充沛；我後來才知道，全球百分之四十七的人用的水都來自西藏高原，就連長江和黃河，也都源自青藏高原。夏季時分，山裡的積雪就變成竄動的溪流，由山頭展開前往平地的萬里之征，途上不但飛簷走壁，還穿過一些從來沒有人去過的原始森林。在某些地方，清澈的溪流加入黃濁的河水時，竟然保持分離的狀態，形成一條長長的雙色絹帶，幾乎不像是真的。

西藏人藉著大自然的力量，也完成了許多神奇的壯舉。在激流奔騰的深谷之間，竟然有人拉出一條五顏六色的經幡，而四處的山頂也插滿了旗竿。藏人相信這樣能將幡上的經文吹到世間每個角落，有如風力發動的「祈禱機」。更神奇的是峭壁上的「瑪尼堆」，用巨大的石塊堆積而成，上面則刻滿了六字真言。我實在難以相信怎麼有人能夠爬得上去，何況在那麼危險的地方搬運石頭，連垂直的山壁上都還畫有巨大的佛像！這讓我想起以前看過紐約的噴畫家懸吊在橋樑和高樓外面揮灑，但西藏的壁畫比那個難度更高，而且與街頭噴漆最大的不同是，這些畫家從未在作品上署名。

也許藏人真的不畏懼死亡？即使這樣，他們還是相信往生的靈魂會感到焦慮、會想要回家。因此辦葬禮時，藏人會將屍體先放在屋內的一堆塵土上，隨後將這堆土鏟走，讓亡靈找不到回頭的路，再請僧人念誦《西藏度亡經》，引導亡靈渡過中陰的四十九個階層。誦經結束之後，往生者的某位摯友必須在拂曉前背著屍體走到天葬台。負責天葬的法師點上松柏香，誘來滿天盤旋的禿鷹，接著剪下死者的頭髮，將屍體剁成大塊，把肉剔下來放在石頭上讓禿鷹搶食，再把骨頭砸碎，混上腦漿和青稞粉餵給野狗，一個渣子也不留。過程聽起來野蠻，但是在那壯烈苛刻的環境，當你隨處都感受到生命的渺小，回歸大自然也就顯得沒什麼好計較的。而且那裡的天空如此寬闊，如果死後還得被困在土裡受蟲蛹侵蝕，才真的沒尊嚴。

西藏薪柴：犛牛糞。

藏人看起來冷酷，其實很容易就能和他們打成一片。藏族男人的鼻樑挺、
顴骨高、頭髮長，戴起牛仔帽來特別性格。藏族女人也普遍身材高挑、
個性大方、眼神純潔但不羞澀。有一次，我和一群藏人學「打阿嘎」，也
就是一種工作舞：大家圍成一圈，每個人手裡拿著棍子，男女以呼應的方
式，一邊唱歌一邊隨著節奏用腳和棍子搗土，藉由舞蹈把泥土踏硬。藏人
家裡的地板和屋頂，都是用這種方式完成的。我跟著大家一起跳著，突然
有個豐滿的藏族女孩跑過來，用屁股狠狠頂了我一下，使我整個人飛出圈
子。旁邊的女生都大笑，還慫恿我去撞她們，接著大家一窩蜂地頂來頂
去，最後我被撞得倒在地上叫：「OK！你們贏了！」藏族男子全在一旁
笑著說：「如果我們不在，她們接下來就會把你的褲子扯掉囉！」

走進當地的房子，就能看見藏族節儉又環保的生活方式。許多房子的外牆
上都黏滿了一塊塊大餅似的東西，原來全是犛牛糞，在牆上曬乾後存起來
當柴燒，真的可以說是「發奮圖強」。院子裡則有個銀色的「大耳朵」，用
來聚集陽光燒水，據說晴天時不到二十分鐘就能燒開一壺。當天主人外
出，接待我的是個十五歲的男孩，名叫拉朱。我看著他在一個大木筒裡

太陽能煮水器。

倒進熱水，混入犛牛奶提煉出的酥油、磚茶和鹽巴一起攪拌，倒出來像湯似的成品就是所謂的酥油茶。至於酥油茶的味道，我能想到最接近的東西就是摻了水的奶油玉米湯，只不過少了玉米，而且十分油膩，一點也不像茶。平地人喝上一杯可能就會拉肚子，但拉朱說他們一天能喝二、三十杯，這樣嘴唇才不會乾裂。接著，他在一小杯酥油茶裡面摻入一把青稞粉，單手捏成濕濕的麵糰，也就是所謂的糌粑。糌粑的質感和綠豆沙差不多，沒什麼味道。加點砂糖、配著酸奶吃，就是一頓典型的藏族午餐。拉朱說：「西藏人很少有糖尿病、心臟病、胃癌，就是因為我們吃這個。」這麼健康的食品，難怪我吃不慣！

並不是所有的藏人都像拉朱一樣禮貌。開在路上，我們的車常會經過游牧民族的深色帳篷。我懷疑其中有些已經知道自己成了觀光景點，而長居在那裡。只要一停，車子就會立刻被孩子包圍，一堆髒髒的小手伸進窗戶：「叔叔我要！叔叔給我！」乾糧和糖果一瞬間就發完，沒拿到的還猛敲車窗。有一次，有個戴著「中國旅行社」帽子的小藏族男孩，口袋裡明明塞

敲我們車窗的西藏小孩。

滿了東西還拼命追著我們要。同行的一位女老師把他拉到旁邊講道理，還
差點被他拿鉛筆刺傷。駛離那個地方時，我們都覺得很難過。是誰讓他們
變成這樣？其實就是我們這些矛盾的觀光客，一手撒著糖果和零錢，一手
還拿著 DV 想拍攝他們的樸實。

在雨中開了一整個下午之後，車子轉了個彎，突然見到一道彩虹。那簡直
是幅完美的風景照，唯有幾條電纜糟蹋了畫面。於是我們繼續開去找更好
的角度，但是路跑到哪裡，電線就跟到哪裡，翻山越嶺還是無法擺脫它的
存在。最後，彩虹消失了。我大呼失望，但司機聽到卻笑了出來，他說：
「我看到那些電纜倒很高興，因為這表示如果車子在這裡拋錨，我的手機
還打得通。」

我每天都會在公路旁邊看到至少一位朝聖者，手和膝蓋綁著輪胎皮，身上
的紅衣前襟完全染黑，緩慢地磕著長頭，走三步、下跪、伏地、起身、再
走三步、重複 …… 這些朝聖者從各自的村莊出發，有些一走就是幾年。一

台手推車裡面放了他們的一切；他們先把它推到前面某個地方，自己再回到原點一路磕過去。我想：「他們難道不會偷懶，偶爾跑個幾步嗎？」

拉薩的大昭寺是朝聖者的最終目的地，因為那是西藏最神聖的寺院，重要性甚至高於布達拉宮。有天清早，我去那裡等著看朝聖者們抵達。他們的身影出現在晨霧之中，緩慢地蹲著、拜著。周圍的八角市場這時也忙了起來，商人們快步繞過這些蚯蚓似的身影，對他們完全不理會。我很好奇，經過了那麼煎熬的過程，當他終於碰到大昭寺的牆壁時，這些朝聖者會不會崩潰？還是欣喜若狂地大聲歡呼？結果，我當天看到的幾位信徒，到了大門口竟然還繼續原地膜拜著，偶爾停下來接過一杯奉給他們的酥油茶，靠著牆休息片刻而已。

我問一位大昭寺的僧人，為何他們都如此平靜？他回答：「完成這趟旅程的人對自己所了解的深度，絕不是我們旁人所能夠想像的。」

「那這些朝聖者抵達這裡之後，會做些什麼？」

僧侶微笑道：「這個嘛！如果他們覺得夠了，可能就搭車回家吧！」

我很難想像一位磕了幾年長頭、步行了數百里的朝聖者，最後竟然是坐在擁擠的公車上離開拉薩。但是跟他們比起來，我覺得自己實在太天真，以為到西藏一遊，坐著車子四處觀光，就能洗刷心中的塵霾。如果有機會，我真應該問問這些苦行僧，怎樣才能找到心中的寧靜。

但我也可以猜想他們的答案：「走吧！只要覺得不夠，就繼續不停地走吧！」

什麼是虔誠？也許這就是。

我習慣旅遊的十種方法

01　找一個路邊咖啡館，坐在那裡看行人。

02　走訪當地的教堂、廟宇、清真寺，找個安靜的角落，跟自己心中的神對話。

03　去逛唱片行，並請店員為我推薦兩張專輯：一張藍領階級聽的音樂和一張當地的情歌。

04　吃很多很多的路邊攤，然後去吃一家好餐廳。

05　聽當地的老人講故事，同時看小朋友怎麼玩耍。

06　跟著旅行團混進名勝古蹟，然後自己亂走。

07　閉上眼睛，聆聽環境的聲音。

08　深呼吸，聞盡當地的味道。

09　跟計程車司機瞎聊，因為他們最了解當地城市的脈搏。

10　租一輛腳踏車，騎到自己迷路為止。

二十一世紀
的每一天

03

當新的data不停取代舊的、
當一切都可以成為永恆，
但當下永遠是暫時的，
這就是數位生命中不可承受之輕。

A Very 21st Century Holiday

二十一世紀的春節

2006年春節，我去上海錄電視節目。出發前，收到老爸的e-mail，叫我去拜訪內地的親戚：「你二姨婆九十幾歲了，現在還自己住。幫我包個紅包給她，回台灣再還你。」

到了上海，二姨婆見到我開心得合不攏嘴，立刻叫管家炸了一大盤春捲。我拿出筆電，放美國的照片給二姨婆看，但是她耳朵實在不好，所以我另開了一個視窗，在螢幕上同時打字註解。在客廳裡，我們兩人一起對著螢幕指指點點，她說一句，我打一句，這樣子「聊」了很久，直到電池用完。

離開時，二姨婆拍著我笑說：「下次來，記得帶充電器！啊？」

回到飯店，我用Skype打給老爸，報告之後順便說我沒法趕回紐約過年了。「可是我打算送你跟老媽一個紅包。」我說。

老爸回答得很直爽。「這樣好了，你給二姨婆的錢我就不還了，就算是給我和你娘的紅包吧！」

隔天，接到媽媽的e-mail：
「你老爸說，叫我直接從他的戶頭領錢，說是你送的，可是你不回來，妹妹擔心今年沒她的份。這樣吧！我把你給我的拆一半，算是給她的好了！」

我和二姨婆。

除夕，又收到妹妹來信：
「謝謝你的紅包。媽咪已經直接轉進我的戶頭了！」

嗶嗶一聲，是台灣朋友傳來的賀年簡訊：
「新年到了，想給你五千萬：千萬要快樂！千萬要健康！千萬要平安！千
萬要知足！千萬不要忘記我！」

我覺得這則簡訊不錯，便按個鍵，把它轉寄給手機裡的好友清單。

二十一世紀的某個春節就這麼過去了，多了不少方便，少了不少人情。

晚上我在日記裡寫：
「當每個人都在線上時，跟上百人賀年只是舉手之勞，但一百零一通簡訊
之後，意義何在？坐在飯店裡，面前擺著泡麵，還是可以跟半個地球外的
家人視訊圍爐，但是難道舉頭望螢幕，低頭就不思故鄉了嗎？十個數位紅
包，也抵不過一盤剛炸出來的春捲。」

2006年之後油價飆漲，機票貴得離譜。儘管這樣，去年春節我還是訂了位
子，坐了十九個小時的飛機回紐約。紐約冬天乾冷，一下飛機嘴唇就裂，
坐車回到家，外面是冰天雪地，屋子裡則燒著壁爐，老爸在看中天電視。

中天電視？

「對啊！家裡裝了小耳朵，你忘啦？」

外公外婆踩著碎步出來打招呼，從他們的房間傳來《倚天屠龍記》的音樂。外公看到我就問：「這個陳冠希是誰啊？怎麼最近新聞都是他？」

這時媽媽笑著湊過來。「兒子餓了嗎？美惠阿姨昨天燉了一鍋麻油雞，好道地噢！」

覺得自己彷彿根本沒離開台灣。走進臥室，打開電腦，女友在MSN上敲我。

「哈囉！要視訊嗎？」她問。

「不用了，我好累，讓我聽聽你的聲音就好。」

當晚我在日記裡寫：
「千里迢迢回到紐約，沒想到變相繞了一圈到台北。科技真可怕。少了距離，也少了異鄉情懷。但是一個人躺在床上，身邊沒有習慣的體溫，又覺得很陌生。我的家到底在哪裡？」

二十一世紀的春節，的確充滿著時空錯亂，就像那句英文歌詞：So close, yet so far away......

科技克服了距離，讓我們不再擔心聯絡不上所愛的人，但是如果我們看得到、聽得見，卻無法把紅包直接放到孩子手上，跟他們共享一杯牛奶，讓

他們躺在懷裡打瞌睡……如果我們抱不到愛人，聞不到他們的味道，那麼所有的高畫素視訊和即時影音，豈不是更加強我們的挫折感？

或者可以這麼說：二十一世紀的科技，不只是讓我們隨時隨地都看得到家人，而是應該幫助我們簡化生活，讓我們隨時都有空陪在家人身邊。

我曾經在高鐵上看過一個海報：左邊的照片是一個老人的手，杵著一個拐杖，右邊的照片是同一個老人的手，牽著一個小朋友。一邊寫著：高鐵之前，另一邊則寫著：高鐵之後。

每次我看到那張海報，都很感動。也許是因為我曾經看過許多孤獨的老人，也或許是因為，當我奶奶還在世的時候，每次我從大學匆匆忙忙回家，又匆匆忙忙趕著走，奶奶在門口抓著我的手，總是握得那麼緊。

2008年，上海的二姨婆也過世了，享年九十八歲。

她老人家應該一輩子都沒上過網。那簡單到可以的小公寓裡，連電視機都沒有。再加上她重聽，凡是要跟她聯絡，得先打電話給她的鄰居們，請鄰居找到管家，再讓管家對她用吼的來傳達訊息。也正是因此，當年我才不得不自己找過去，也才有機會聽她說故事、陪她打字聊天，最後還推著、就著，好不容易把紅包塞進她手裡。我覺得很幸運，能夠有機會這麼做，盡到一個晚輩的責任，並用一些有限的科技，與她分享我的生活。

「下次來，記得帶充電器！啊？」臨走前，二姨婆拍著我笑說。

這是她對我的最後叮囑，也是個非常符合二十一世紀的告別。

Slave to Technology

科技萬歲？

我前陣子發生了一連串的慘事：

首先，我的硬碟掛了。那是我用來做錄音工作的主要硬碟，上面有兩年的資料全找不到。即使NTFS比FAT32安全，偏偏又碰到許多壞軌，加上之前用的重組程式可能使問題惡化，即使資料救得回來，也極可能是亂碼。

我換了顆硬碟，隨後又當機。原來是PnP導致IRQ衝突。重新設定後，顯示卡又跟錄音界面的驅動程式相沖，系統得重灌。

不到一個禮拜後，我的手機也突然掛掉。送去修，廠商說是韌體太舊了，更新之後，裡面的通訊錄全沒了。

各位，以上的專有名詞，你知道幾個？如果你像我一樣依賴電腦過日子，這種狀況應該不陌生。

我從小就對電腦有興趣。雖然現在很少孩子不懂電腦，但是在那個年頭，我算是另類。即使這樣，我沒想到有一天我會以它為主要的創作工具，跟一個鐵盒子結下如此愛恨糾結的關係。

科技愈複雜，毛病就愈多。我經常發現自己在解決電腦軟硬體的問題，甚至超過實際創作的時間，而且還很自虐地從debugging的枯燥過程中獲得成就感。但回到一個音樂人的身分，時常又想：「何必呢？」

我和我的……「樂器」？

以前家裡的鋼琴，打開琴蓋就開始彈，從來不會注意裡面的零件。每年調音師過來家裡做保養，看他拿著音叉在腿上敲一下，再按個鍵，湊在耳邊仔細地聽，一邊搖著調音用的扳手。他說新的電腦調音儀器雖然可以調得很準，但還是人的耳朵比較有「音感」，所以林肯中心的鋼琴，都不用機器調。

現在我用來做曲的「琴」，是個塑膠和不鏽鋼的鍵盤。唯有開啟電腦、載入程式，它才會發出聲音。透過不同的插件軟體，我可以讓它模擬一整個交響樂團，還可以用它打鼓，但只要一當機，它便立刻成為一台「啞巴琴」。

有時候我很懷念從前在茱麗亞音樂學院學作曲的時候，寫譜全用手，一邊畫著豆芽菜，一邊哼著旋律。我覺得手寫的過程能讓人慢慢思考、斟酌自己的作品。現在呢？隨便彈彈，按個鍵，譜就印出來了，很省事，但那似乎又少了點咀嚼的過程。

在這個年頭，要是沒有了電腦，錄音室還錄得出唱片嗎？要是沒有了CAD
軟體，設計師還畫得出藍圖嗎？

答案是：Of course！但大部分的專業人士（包括我在內）會覺得那樣很彆
扭、很麻煩。問題也就出在這裡。

在一個派對上，我曾經跟一位名製作人聊到音樂軟體，我問他：「你用Pro
Tools、Logic還是Cubase？」他回答：「我用心」。

簡單的一句話，直擊重點。

我想我這輩子應該是離不開電腦了，但最近的當機事件，也剛好讓我提醒
自己：不要因為科技的限制，而綁住了原有的創意。不管做什麼，還是要
用心。

科技再高明，還是比不上用心做出來的作品。

The Unbearable
Lightness of the Digital Age

數位生命中不可承受之輕

一台十七吋的LCD螢幕上，平均有1,310,720個電極組，每組懸浮著一串液態結晶分子，像麻花似地捲在小框框裡，如同電影《駭客任務》那片沉睡在機械羊水裡的人體身軀。

一陣電流瞬間把一個框裡的液晶喚醒，它直直地伸展開來，背後的冷白光穿透它的身體，成為一個亮點。當成千上萬組液晶同時伸著、捲著、阻擋著、折射著光線，便構成了我們在螢幕上所看到的影像。

伸或捲、開或關，每個畫面和聲音只不過是千萬個0跟1的構成。兩個簡單的數字代表著一切，一旦受到干擾便化為雜訊。電源一關，就不存在了。

最近某一天，我的硬碟無預警地報銷，半年的音樂工作檔和紀錄死在「壞軌」之中，實在是天災降臨。我像是兩眼呆滯的生還者在廢墟裡撿拾破爛，覺得一大片光陰突然被挖空，喪失了記憶。那種失落感尤其揪心，正因為自己還活得好好的，但沒了data，之前的心血就沒了意義，生活好一陣子顯得格外空虛。

這時突然覺得有一個人的遭遇比我更悲慘。他的處境恰好相反；他私人生活的記載，那些對他頗有價值的資料在網上洩漏後便被無止境地散播。短短幾天內，他可能曾擔心會因為硬碟報銷而失去的圖片，竟變得永遠無法消滅；經過一再地複製，他昔日的「豐功偉績」已儲存在全世界千萬台的

電腦裡，在copy & paste之間，變成了整個華人世界竊竊私議的笑柄。

這讓我想起尼采的一句話：「在一個永遠重複的世界裡，我們的每個行動都得承擔無可忍受的重責。」

床照風波的主角們可能萬萬沒想到他們一時的輕狂，竟然會在數位世界的「無限拷貝」之下，變得如此沉重吧！

尼采提出的是一個假設題，但多年之後，米蘭昆德拉對此做出回覆：「人生只有一輩子，只發生一次的事幾乎沒什麼意義，因此生命可以說是無比的輕。」

我覺得這也很有道理。就是因為太輕，所以我們不停地記錄、拍攝，唯恐發生一次的事就這麼輕易地消失。換一個角度看，如果我們沒有把那一刻捕捉下來，許多年之後，搞不好還忘記它是否真的發生了呢！

我覺得自拍是一種新存在主義。笛卡兒說：「我思故我在」，現在應該改為：「我自拍故我在！」

也許，床照事件的男主角按下快門時，也正懷著同樣的心情。

後來他宣布退出演藝圈，有人諷刺說他選擇在這輩子最紅的時候退休，但整件事被歸檔之後，不到兩年已經開始看到他復出的消息。對不起，事隔兩年還是三年了？讓我翻一下檔案……

當新的data不停取代舊的，人也變得愈來愈健忘。於是，在千變萬變之中，我們強迫性地拿著手機、相機、DV，捕捉著每一個瑣碎的時刻，存在硬碟、光碟、FLASH晶片裡，讓它們代替自己的記憶，唯恐光陰稍縱即逝。

當一切都可以成為永恆，但當下永遠是暫時的，這就是數位生命中不可承受之輕。

Watch Your Eyes!

| **小心你的眼睛！**

因為受到家族遺傳，我小學二年級時，近視已經兩百度，四年級時增加到四百多度，到了國中已直逼一千，油膩的鼻頭幾乎撐不起沉重的眼鏡。

我母親二十多歲時，曾經視網膜剝離。那是高度近視群都有的風險。當年沒有雷射，醫生得將她的眼睛割開，才能把視網膜黏回去。開完刀，她被迫躺了一個月，還得戴著限制眼球轉動的矯正器。當然，她不願兒子經歷這種折磨。

「小心眼睛啊！」我每次出門時，從樓上到樓下必傳來一連串叮嚀。

失明的恐懼深深地植入我的意識。每當朋友叫「看上面！」我一定看下面；大家抬頭找球，我則低頭閃躲。棒球、籃球、橄欖球？甭提了！想想被時速兩百的快球打到臉，或被狠狠撞到頭，還得了？問題是，當你不跟別人在籃下搶球時，體育老師就覺得你沒出息、女生就覺得你不帥。

我當時的死黨肯尼也曾經陪我一起坐冷板凳。他沒有近視，但是個波多黎各人，而在多半是愛爾蘭和義大利人的學校裡，他自然被排擠在外。但是肯尼精力旺盛也很愛冒險，放學後拉我去小公園的草坪上摔角、天黑了帶我騎越野單車橫闖工地，有一次還弄到一把弓箭，興奮地約我在棒球場附近打靶，豈知我還沒趕到，警察就已經從他的手中把它沒收了。

Before.

老爸一定是聽說了那件事，從此只要我跟肯尼出去，他都要跟。他帶我們去附近的湖邊賽跑、翻單槓、打羽毛球、丟飛盤，還發明了一套「求精準過於蠻力」的競賽，像是立定投籃、打水漂，和一個很類似法國人玩的滾球遊戲。看我跟肯尼玩得安全，他就放心。

老媽則三不五時去紐約著名的華人區法拉盛，尋找報紙上看到的另類近視治療。她曾經買過一個鑲有電磁石的特殊鏡框，據說可以刺激眼睛周圍的穴道。那簡直就是個大鋼圈，套在臉上還會留下一整天消不掉的印子。她還買過一個像是護目鏡的東西，裡面放中藥包，戴起來讓眼睛又麻又辣。有一陣子她每週帶我去見一個大陸來的、專治近視的密醫。醫生用六公分的長針插滿了我的手跟腦袋，還用手指捏轉著針，最後還接上電，讓我整個臉抽搐不停。每次當他終於把針拔出來，做最後的臉部按摩時，我都累得立刻呼呼大睡。如此治療了幾個月，還是沒效。

美國的眼科說，這般的先天性近視是因為眼球變形，與後天性近視不同，只有等到我二十幾歲，身體不再發育了才適合動矯正手術。在醫生的建議下，爸媽帶我配了一副RGP（硬式透氧）隱形眼鏡，據說因為材質的韌性能夠減緩角膜的變形，但它們戴起來實在太麻煩，只要眼睛稍乾，往旁邊一瞄，鏡片就很可能會脫落。我很沮喪，老爸則安慰著說：「一定是因為你的腦部發展得特快，才會把眼球壓扁，所以你一定比別人聰明！」

那種RGP特殊鏡片很貴，當年要幾百塊美金一副。為了怕它們掉出來，我凡事都不敢「側目」。還記得有一次在高中課堂之間，大家正急忙地衝下樓梯，突然一眨眼鏡片掉了，我立刻轉身大喊：「STOP!」所有的學生竟然就這樣被呵斥住，還乖乖地繞道去走別的樓梯間，留下我一個人摸著骯髒的地板找那個不到襯衫鈕釦大的鏡片。我聽到有人小聲地說：「Look at this poor guy！」

我一直很不甘心自己的近視。上大學之後，家裡管不到了，我隨心所欲地熬夜玩耍，也照樣和同學們打籃球。我的三分球不賴，但籃板周圍一無是處。後來，我發現最自在的運動，還是一個人沿著校園外的查爾斯河畔慢跑或騎腳踏車，從劍橋到波士頓郊區，秋天時一路欣賞楓葉，春天聞著杜鵑花香。眼睛乾澀的時候，晚上的路燈會呈現朦朧的光圈，還挺美的。

大學畢業不久，美國FDA批准了LASIK。醫生用一個儀器將患者的眼皮撐開，然後以特殊的刀片把角膜削一層下來，用雷射把下面的組織一點一點燒平，達到理想的弧度之後，再把削下來的角膜蓋回去。剛推出時，單眼費用就要五千塊美金，但老媽竟然找到了一個只要半價的蘇聯醫生，還勇於讓自己當實驗品。「反正媽也這麼老了，一輩子眼睛沒好過，瞎了就瞎了吧！」她一派瀟灑地說。

我對醫生的第一印象是他很重的狐臭。他叫我隔著手術間玻璃觀看，迅速地給老媽點上了麻醉藥。一隻眼睛順利地動好了，但是另外一隻正在切割時，醫生的手突然停住。在電視螢幕上，我看到媽媽睜大的眼球，和刀片下晶瑩剔透、但缺了一半的角膜。

原來因為老媽曾經動過視網膜手術，眼球上的疤痕導致表面不規則，而使角膜切割失敗。醫生立刻退了我們一半的費用，再也不敢聯絡。好在那隻眼睛完全恢復了，但從此之後，媽媽必須每天戴單邊的眼鏡。她現在則是用一隻眼睛看遠，另一隻看近，想必視力很難平衡。每次我跟她報告新的矯正技術，她只揮揮手：「算了吧！反正這麼老了，等我有白內障再說吧！」

一起住的外婆，每天早晨則泡一大杯枸杞菊花人參茶放在老媽桌上。我每次回家，她也泡一杯給我。「喝這個對眼睛好！」外婆特別愛看報紙的健康版，對各種食材的藥效如數家珍，每天指著桌上的菜說這個對什麼好、那個對什麼好。老媽在一旁說：「知道啦！」口氣好像小時候的我。

我三十二歲那年在台灣做了 LASIK。當時我的右眼度數一千三百五十，左眼九百二十五，連當兵都沒資格！刀片劃過角膜之後，一切變得模糊不清，只見一個閃爍的紅點。「盯著紅點不要動！」醫生說，隨之傳來「答！答！答！」的雷射聲。「一般人只要打三十秒，但你得打一分多鐘。聞到了嗎？」是的，我聞到了，一股類似毛髮燒焦的臭味，竟然是從我的眼球冒出來的！

現在，我已經沒有近視，只剩下痊癒後出現的一百多度散光，手術算是很成功。我再也不怕早上起來跌跌撞撞找不到眼鏡，或因為沒有帶蛙鏡而

不敢下水游泳。但是每次看到我回家提著行李，老媽還是會叮嚀不要抬太重，要定期檢查視網膜，第二天醒來，桌上總是擺著枸杞茶跟一些有關視力保健的剪報。

據說亞洲人的近視基因遺傳率是所有種族裡最高的。這樣看來，我的小孩八成脫離不了四眼田雞的命運。我覺得與其叫他什麼都別做，不如讓他在近視變深之前，什麼都先試試；棒球不打則打籃球，籃球不行則打網球，如果網球都不行了，桌球跟高爾夫球總是可以吧！盡情地做我當年無法做的事，絕不要像爺爺奶奶管得那麼緊！

當然啦，將來會是怎樣，現在誰敢說？不過我知道，如果有一天看到孩子為了近視沮喪，即使不是真的，我也八成會告訴他：「你的眼球被擠變形了，因為你的大腦發展得特別快……」

After.

La System D

十七世紀在法國，曾有一位叫伐泰爾（François Vatel）的名廚應皇室邀請，為路易十四烹飪一場長達數天的奢華宴會。

作風謹慎又講究的伐泰爾為了那場盛宴，緊張得好幾天沒有睡，宴會前晚還在盤點食材，赫然發現魚準備得不夠。伐泰爾焦急地問魚販：「只有這些嗎？」魚販不曉得還有別的貨正在路上，便回答：「是的。」伐泰爾聽了之後像是發了瘋一樣地跑掉。其他的廚師紛紛趕到，卻一直找不到伐泰爾，最後竟然發現他已經在寢室裡舉劍自盡了。

伐泰爾的故事後來廣為流傳，象徵著法國廚師對烹飪的堅持。瘋狂的法國佬——有時候覺得他們對人生浪漫又瀟灑（Qu'est-ce qui sera, sera!），有時候卻對事情堅持得近乎強迫行為。據說歷史上偉大的廚師多半都是狂人，古怪的藝術家脾氣似乎是他們必要的條件，但為了追求食物的完美連命都不要，這種人只有法國佬會稱為英雄！

我曾經去過法國南部的亞維儂市（Avignon）的教皇皇宮遺跡，參觀像籃球場一樣大的宴會廳。當我走進宴會廳後面的廚房，幾乎無法想像那麼小的地方怎麼可能應付得了教皇的盛宴。那個圓形的小房間像是個大煙囪，有好幾層樓高，牆上有一圈圈的烤肉架溝槽。以前這些架子上可能擺著上千份的雞鴨魚肉，一層疊著一層，底下燃著大火。萬一架子倒了，廚師極可能被活活燒死。如果伐泰爾曾經在類似的環境裡工作，也難怪他會發瘋。

其實任何常下廚的人都知道，做菜是個既髒又亂的事。儘管照片裡總是穿著潔白的圍裙，事實上哪個大廚在工作時是乾乾淨淨的？這可不是一群貴婦邊喝著紅酒邊研磨著頂極海鹽sel de fleur。當法國烹飪祖師爺Georges Auguste Escoffier（1846-1935）建立職業廚房的運作系統時，他參考的模式就是當時的軍隊。把廚師跟軍人畫上等號其實一點也不誇張，因為當餐館坐滿了等候的客人，後面的廚房就成了戰場。

著名的美食節目主持人波登（Anthony Bourdain），曾經在自傳中形容以前在紐約餐廳擔任廚師的經驗。當一個晚上要供應六、七百盤菜的時候，那種壓力是不容許什麼「堅持」的。他甚至透露了一個職業廚師們共知的小祕密，叫做System D。「D」來自於法文的débrouiller，意思是「解困」。那就是當材料沒了、器材壞了、客人在抱怨、老闆快抓狂的時候，所必須採取的不擇手段。來不及把牛排烤熟嗎？用手把血水擠出來，五分熟的菲力就看起來像七分！醬汁快用完了？加些高湯、勾些牛油和麵粉，一杯醬汁就可以稀釋成兩杯！實在忙不過來了？「微波爐」和「料理包」這兩個讓名廚聞之色變的東西也會悄悄地出現。在職業廚房裡，當狀況看來不妙時，沒有人會質疑System D，因為大家都知道這場仗非打贏不可！

我老爸曾經在某五星級大飯店吃自助餐時，看見一個廚師偷偷跑去夾幾塊烤鴨，在瓷盤上加一些點綴後便快步送進隔壁的高級法國餐廳。想必這種「移花接木」的行為算是System D裡面最不得已的招數了。多不幸啊！偏偏被我爸逮到。老爸說，如果是以前年輕氣盛的他，一定會一狀告到底，讓那個廚師吃不完兜著走。但好在年紀大了，待人比較寬厚，懂得偶爾裝裝傻，畢竟人家也可能是不得已才這麼做的。如果那個廚師感恩的話，應該請我老爸吃頓大餐才對，但我想他八成也不敢去吃。

其實，幾乎每個行業都有自己的System D。當事情迫在眉梢，員工之間擠擠眼、點個頭，突然事情就辦好了、奇蹟發生了、deadline趕上了，怎麼辦到的？不要問，即使被質疑也死不承認！我想，如果有一天各行各業的System D全都被爆料出來，只怕會天下大亂。不但沒有人敢相信彼此，搞不好有些工作根本無法做。

像是前幾天來我家修冷氣的師傅，我看到他用一個保特瓶蓋跟膠布在機器裡弄來弄去，便問：「這樣修不行吧！」他說：「口伊啦！啊要不然原廠零件要等兩個禮拜，還要兩千塊，你修不修？我一天跑十幾家像你這樣，每家收幾百塊而已，啊我還要吃蝦米？」

說得好像有些道理。這個年頭，誰有耐心等？大家工作都在拼老命。客戶都像是熱鍋上的螞蟻，而利潤可能壓得太低、時間壓得太短，必須薄利多銷，於是能省則省，能應付就先應付。自從搬到亞洲工作，有時候我覺得System D已經成了這裡普遍的做事方法；大家心裡都知道事情該怎麼做，但如果照著規矩來，就只有等著餓肚子！

而且連最不容許taking the easy way的創意產業也都在用System D；當你從提案到交件只有一個禮拜時，誰敢嘗試新的突破？拿現成的東西拼貼一下也就應付過去了，反正客戶的預算那麼少！沒錢製作節目嗎？請一堆通告藝人打打嘴炮也應付了一個時段，反正觀眾沒要求太高！沒新聞報了嗎？翻拍一下網路，連PTT的八卦也可以充當「趨勢」！

現在什麼都流行「古早味」，我覺得原因是那個名詞象徵著一個比較緩慢、不投機取巧的時代。我很敬佩那些幾十年都經營著同一個路邊攤，每天只賣幾百個包子、幾十碗麵線的老闆們；他們若是成功，靠的全是堅

持，因為他們知道System D只會砸了自己的招牌。當然，之前也曾爆出蝦子加硼砂、豆腐泡雙氧水之類的事件，但那已經不是System D了，那是黑心，就像豆腐渣工程跟三鹿奶粉一樣地該死。當人違背良心到這種地步，我實在懷疑他們是否有任何改化的機會。

我相信每個廚師都希望能用全心全意來烹飪，讓每一道菜都代表他們最大的努力、最高的水準，但是職業廚師都知道那只是退休之後的夢。現在還有一疊單子得應付呢，若是能在那小小的廚房裡面對所有的壓力，還把客人統統都餵飽了送出門，那本身就很了不起了。就像我們都希望能好好完成一件事，做出人生的代表作，但是在打仗似的工作環境，只有努力奮鬥才是本身最大的成就感。

再想到伐泰爾，真為他感到可惜。如果他懂得將就和隨機應變，臨時改菜單，國王照樣可以吃得很開心。但是波登說得好：我們如今會記得伐泰爾，都是因為他的死，而不是他的菜。如果你今天有同樣的選擇：殉職而英名留世，或妥協而無名退休，你會怎麼做？

老實講，光是為了幾條魚跟自己過不去，我覺得實在有點蠢。但如果沒有System D，那拜託，乾脆讓我去賣滷肉飯吧！

飲食，男女。

食材之於廚師來說，就好像道具之於魔術師。

是老鷹還是佛祖？

小米之前因為染上毒品，在桃園的勒戒所待了整整一年又兩個月。前幾天她終於出獄，朋友們歡喜相聚，也很高興看到她氣色比以前好多了。餐敘之間，她突然告訴大家：「我受洗了！」

小米說，她在勒戒所與一百個女生關在一起，吃喝拉撒都在同一個房間，完全沒有隱私。每天限制在四分三十秒內洗澡洗衣（而且是冷水），晚上大家並排睡地板，深夜聽著戒毒人的哭泣和呻吟，簡單地說，那是一個坎坷絕望的環境。

有一天，她看見一個獄友在讀聖經，和她聊了許久之後，原先沒有宗教信仰的小米也開始嘗試禱告，發現那的確可以給她帶來一些心靈的安慰。當時她正在看一本小說《蘇西的世界》，入夜了還沒睡，突然在一個章節的結尾看到兩個字「晚禱」，讓她赫然覺醒，馬上闔起書本禱告。隔天，她便去接受基督教的洗禮。

「所以你覺得看到那兩個字，是上帝在跟你說話？」我問。

她微笑。當然，她說，那可能是巧合，但是在苦悶的心情之中，在深夜的那一刻，看到那兩個字就像是一線曙光。

這讓我想起高中時，曾有個同學向我推薦一本叫《Illusions》的散文集：

「這本著作很奇妙！無論有什麼困惑，你只要心中默念，隨便翻開，就會在那頁找到解答！」

我像許多高中生一樣，正煩惱著交女朋友的問題，翻開一頁，看到一個句子：「凡事都是緣分，怎麼處理是你的選擇。」很籠統沒錯，但對當時的我，卻充滿了濃濃的涵義，感覺像是專門為我寫的。

又想起1990年代，美國曾出現過「電話靈媒風潮」。以每分鐘3.99美元的價錢，讓靈媒在電話上為你指點人生迷津。其中最著名的Psychic Friends Network買下了許多有線電視台的深夜時段，並找藝人來做宣傳。打進來的人之多，讓他們年獲利高達一億兩千萬美金。後來經記者調查，發現成為此公司的「靈媒」不難，只需要買一套塔羅牌並參考公司所提供的「腳本」，任何人都可以成為靈媒，在家裡接電話賺外快，而那腳本讀起來簡直就像《心靈雞湯》的翻版。即使Psychic Friends Network後來倒閉之後，還是有許多人打到電信公司尋找這些靈媒，堅信只有他們能夠說出真話。

我舉以上的例子，沒有鄙視的意思。雖然靈媒風波有些諷刺的味道，但就如一個無神論朋友曾經與我激烈辯論上帝的存在與否，最後達到的一個共識：無論「祂」是否真正存在，人們還是需要信仰，尤其在一個充滿著不公平和未知的世界裡。我相信許多在深夜找靈媒的人並不完全相信對方有特異功能，但他們可能正感到茫然，需要對一個人傾訴。而只要獲得一個陌生人的鼓勵與祝福，也算是一種拯救。

我們都會投射自己的希望與恐懼在身邊的事物上，這是人基本的心理。也正因此，兩個人聽同一首歌、看同一部電影都會有不同的感觸，因為我們會很自然地去尋找跟自己有關的層面。雖然許多奇蹟都是因為我們將巧合

賦予特殊的意義，但當我們的信念造成了行為，這種改變是不容小覷的。

2007年去西藏的林芝地區旅遊時，我曾到一個位在原始森林中的「神瀑」。導遊說瀑布兩邊的岩壁上，有十幾個天然成形的佛像。我仔細看了半天，只能看出一個老鷹的頭。我跟導遊說：「只要看得夠久，應該什麼都看得出來。」

導遊說：「正是如此。所以你看到老鷹，我們看到佛祖。」

何處有鬼神？只要你相信，它們何處不是？

你看到的是老鷹，還是佛祖？

Two Little
Slivers of Soap

兩片肥皂

去香港出差，住在SOHO區外圍的蘭桂坊酒店。

之前去香港，都住大飯店，但近幾年來香港和紐約、倫敦一樣，突然之間多了許多「精品旅館」（Boutique Hotel），蘭桂坊酒店就是其中之一。不過一百多個房間在一棟高高窄窄的大樓裡，明亮又大方的門面，與周圍的咖哩魚丸茶水攤和雜貨店成了鮮明的對比。

我認為精品旅館的興起正是為了迎合新世代旅客的要求，也就是說「精」不一定要「貴」，但地點要好，服務要周到，至於旅客愈來愈重視的style，則是真正看出經營者用心的地方。

不需要砸大錢，還是可以很有風格。舉例來說，如果五星級飯店大廳裡插的是一滿盆的荷蘭鬱金香，精品旅館說不定只插一朵，但卻是用幾塊銅片焊起來的特殊容器，把一朵花巧妙地架住，展示出花莖自然的彎曲，你看到的時候，會突然發現花本身不再是重點，而向來被花瓶所藏住的莖，原來也具有賞心悅目的價值。那一刻欣賞到創意巧思的喜悅，就是精品旅館的價值所在。

我的房間不大，幾坪的空間裡塞了兩張床和小書桌，浴室也沒有浴缸，但香港人運用空間的功力應該不輸給東京人，該有的東西都有，要不然就很巧妙地隱藏起來。

兩片肥皂，也是一種對世界表達善意的方式。

而最使我感觸深的，是浴室裡的肥皂。

兩片薄薄的，正方形的紫色肥皂，有種很自然的淡淡香味，拿起來是軟的，放在手心裡，灑一點水就變得很滑、很好用。

我起先想：這麼薄的香皂片，應該用個十幾次就沒有了吧！但又想：我什麼時候曾經一天用完一整塊旅館的肥皂呢？

2009年過年時，跟家人一起去美國佛羅里達的迪士尼樂園，住在園區裡的Boardwalk Hotel。那應該算是很高檔的飯店，浴室裡放的是知名品牌H2O+的沐浴乳、洗髮精和潤絲精，香皂上還印有米老鼠的圖案。那些產品的份量不小，一天絕對用不完，但是每天回到房間，還是會發現浴室裡又換上一套全新的盥洗用品。即使我和妹妹只用一顆肥皂，他們還是會補上兩顆新的。在那裡住了五天，兩間雙人房就添了二十套盥洗用品！

checkout當天，剛好碰到打掃房間的女傭，問她這件事，她笑答：「你們付錢住這裡，這就是你們的啊！」

有道理，但是多浪費啊！

「You paid for it, so it's yours.」的消費精神在美國隨處可見。到許多餐廳，坐

下便有一大籃麵包上桌，pasta 的份量多到從盤子邊緣垂下來，奶油也像是不要錢似地。這麼「大腕」的做法絕對讓消費者大呼過癮，但只怕大部分的消費者都不會把它吃完。

每當我想到美國電視上的公益廣告說：「一杯咖啡的錢，可以讓一個非洲孩子吃一餐……」而同時在餐館後面的巷子裡，雜役們正把一盤盤客人吃不完的美食刮到餿水桶，實在讓我很難平衡。

近年來流行「樂活」（LOHAS）生活，許多人把它掛在嘴邊，但不一定知道它的意思。Lifestyle of Health and Sustainability，其中兩個最重要的字就是「Health」（健康）和比較難譯的「Sustainability」（永續性）。簡單來說，就是當你在使用地球的資源時，也盡量做些能夠讓資源持續下去的事。既然我們大多數人不會種菜，也無法生產什麼實際的資源，我們能夠做的最基本的事就是「節省」與「回收」。

很多年前，我還記得第一次看到旅館浴室裡放了一張卡片，讓客人選擇是否每天要換洗毛巾，突然覺得：「對呀！多麼好的idea！」。如今看到那兩片薄薄的香皂，也讓我有同樣的感動。我甚至覺得飯店都應該改用精美的小瓷瓶來裝沐浴乳、洗髮精……等。每天客人用掉的，只要再補滿即可。這樣不是更環保嗎？

我建議大家有空時可以上一個網站看看：www.wearewhatwedo.org。這個社會團體的宗旨，是呼籲人們建立一些對環境較好的日常習慣，例如刷牙不要開著水龍頭、做紙張回收、少用塑膠袋……等。他們之前提出了一個點子：時尚環保袋，雖然後來有點被炒得過熱而受到批評，但我仍舊覺得是個很天才的idea，因為他們完全了解對大眾宣傳環保的要點：即使在節省

資源，但一定要look good and feel good。

所以，希望大家下次吹著冷氣做瑜珈，或是在吃到飽的餐館喝有機茶的同時，能夠參考這兩片肥皂的小建議，讓「精品生活」，也成為「精簡生活」！

Politeness is Just
a Charade

禮貌只是個形式罷了

以前在美國，我所認識的男生只要交了女朋友，上廁所的時候，不但會把座墊先抬起來，上完廁所後還懂得把座墊放下，不然一定會被女友「呵斥」。甚至商店裡還賣專門黏在座墊反面的「警語」，提醒男士們要「拿得起，放得下」。

美國人認為這是基本的禮貌，但是在台灣就沒有這樣的規矩。何必那麼累呢？反正要上的時候，自己動手就好了！許多女生反而習慣把座墊留在UP的位置，因為怕被後面的男生弄髒了。一邊是「尊重女生的方便」，另一邊是「預防男生的粗魯」。小小的一件事，看得出兩個社會的差別。

這就好像許多年前，當大家還在看VHS錄影帶的時候，美國的出租店會在盒子上黏一張貼紙：「Be kind, please rewind!」意思就是提醒客人在看完電影之後，不要忘了倒帶。你不倒帶，還可能被罰錢。但是在台灣，通常是「看之前自己倒帶」，看完就不用管它。後來出租店乾脆幫客人處理，省了大家的事。習以為常之後，台灣人若是租了沒倒好的帶子，大概只會罵店員。

2009年初，我妹妹來台北過寒假。出生在美國的她第一次來台灣，看什麼事都好新鮮。我們一起到百貨公司樓下的美食街吃飯。吃完，妹妹開始收拾塑膠盤，我說：「不用，會有人來收！」她驚訝地「噢！」了一聲，尷尬地笑了一下，但走的時候還很不放心地一直轉頭看。因為在美國，只要吃任何自助式的餐點，一定要自己收拾，不然會被店員嫌棄。

由此可見，許多在國外的「基本禮貌」，在台灣成為「基本服務」。到底哪個比較好呢？以消費者來說，當然亞洲好。多方便啊！還不用給小費。但是以成本來說，店家當然希望客人自己倒帶、自己收拾，因為美國的工資那麼貴，少雇一個人就可以省不少開銷。而亞洲人則有不同的服務標準和期望。但是我進一步想，如果有一天經濟衰退到美食街雇不起打掃的阿姨、百貨公司沒有電梯小姐的時候，基本服務會不會又成為基本禮貌呢？

我在台灣很少開車，因為一直抓不準台灣人的駕駛邏輯。以我看來，唯一的邏輯是「見洞就鑽」。但聽說在歐洲許多國家，如果雙線馬路併成一線，車子一定會左、右、左、右依照順序通行。有一個朋友就曾經在德國，用台灣式的「搶道」硬擠了過去，結果被後面的車子狂追叫罵了好幾公里。

雖然台灣馬路上一團亂，馬路下卻整齊得不得了。捷運月台上無論有多少人，大家還是乖乖地沿著線排隊。換做紐約？算了吧！Rush hour根本沒人管，地鐵車門一開，大家一邊往裡面擠一邊咒罵，車長還用「快刀斬亂麻」的方式，直接用車門夾人，直到沒擠上車的群眾被夾到罷休，退回月台上。你能夠想像這麼粗魯的行為在台北的捷運上發生嗎!?奇怪的是，一旦車開走，大家全都不罵了，連被夾到的乘客也只會攤手笑笑。無奈吧！這就是紐約。

如果紐約從今天開始就在月台上畫線，不知道要過多久才會改變乘客擠車的方式？除非重罰，不然我懷疑十年也改不了。禮貌的確是一種習慣，如果一開始就設定規矩，大家會樂於遵守；一開始就亂，之後再改就比較難。所以我認為開發中的國家在這方面反而比已開發國家更有機會，因為每當新的建設完成，像是一條捷運、一個車站或機場，都可以成為建立好

規矩的地方。說不定久而久之，還能間接改掉一些原有的壞習慣，讓人民更懂得禮讓和秩序。

走過了許多國家之後，我覺得最好的禮貌就是遵守當地的禮貌，甚至開懷地面對當地的「不禮貌」。一個外國人在台灣打噴嚏，當然不會指望身邊的人說「God bless you!」而台灣人如果在海外談生意時，碰到有人單手遞上名片，也不應該見怪，因為當地的規矩或許不同。

文化之間的差異甚至更微妙。例如在美國碰到許久沒見面的朋友，大家先會誇讚彼此氣色很好，接著會問候「How've you been lately?」但是在台灣，我有一次問朋友：「最近好嗎？」反而被對方質疑「幹嘛那麼客套？」以前台灣朋友說我胖了、瘦了、看起來累了、彷彿有心事……等，聽起來都很刺耳，但當我了解這是一種關心的方式之後，也就不再介意了。

穿梭在東西文化之間，有時候連自己也會搞不清楚。但是無論世界多麼大不同，起碼有一點是共通的。我永遠記得剛開始在紐約市上高中時，以為在城裡就該擺個臭臉，過於禮貌會讓人欺負。有一天在學校走廊裡，我不小心撞到一個清潔工。我沒有看他，繼續往教室走。立刻從背後傳來一聲「嘿！」，把我喊住。那個員工走到我面前，嚴肅地看著我：「我跟你說Excuse me，你也該說 Excuse me。這叫基本的禮貌，Respect!」

Respect。那一句話一直跟隨我到現在，不管世界上有多少大大小小的規矩，respect是我的基本方針。只要互相尊重，就不用太擔心，也不必太在意。禮貌，只是個形式罷了！

Warning : Crazy Cat

家有瘋貓

我家門口掛著一個牌子：「WARNING——CRAZY CAT」。

「家有瘋貓」和「內有惡犬」給人的感覺很不同；後者令人卻步，前者只讓人更想前來探個究竟。連快遞上門時都會問：「你那隻瘋貓呢？」

「就在這裡啊！」我指著躺在地上伸著懶腰，露出白色肚毛的大胖貓。

「看起來一點也不瘋嘛！」

「你敢進來就知道了！」

牠的名字叫 Bijou——來自法文的「珠寶」，但不少人都以為那是台語的「啤酒」，或是國語的「皮球」，因為牠實在很胖，看起來怎麼都不像是會有 Bijou 這麼公主的名字。家附近的獸醫總是叫牠「繃豬」，我原本以為是在笑牠像隻豬，後來才發現獸醫在跟牠說法文（Bonjour!），我呢，則簡單又親切地叫牠「珠」。

「珠」原本是隻小野貓，四個月大時，從馬路的機車亂陣之中被人救起來。救牠的，也是當初給牠取名的好心媽媽，家裡已經養了八隻貓。想說多一隻不是問題，但小珠是個過動兒，把其他的貓都惹毛了，最後不得不把牠寄養在延吉街的動物醫院。我跟女友某天吃完飯，散步回家時剛好看

Bijou在她小時候。

到牠。一般的小貓被關的時候都在睡覺，但是 Bijou 卻隔著玻璃跟我們玩了起來。我本來就喜歡貓，碰到這麼精力旺盛的更是覺得可愛。而平常不碰小動物的女友，也覺得牠實在長得很討喜。這時，背後突然傳來一個聲音：「你們想要養牠嗎？」

不曉得那主人站在那裡等了多久，但她說一看到我們就知道跟Bijou有緣分。不到一個禮拜之後，「珠」便住進我家了。

剛開始養珠時，我看書上寫，小貓都是透過跟其他貓的打鬧，來學習如何控制自己的力氣。既然家裡沒別的寵物，我只好擔任大貓的角色；每當牠咬太用力，我就一口咬回去。牠撲我，我就回撲牠；彼此突襲成為了我們每天必玩的遊戲。

有一天我剛起床，迷迷糊糊走進客廳，聽到窗簾後面一陣騷動，我還來不

及反應，就看到珠往臉上撲過來，就像《異形》電影中吸在人臉上的螃蟹蟲一樣。「你這隻小鬼！」我把牠抓住，狠狠地丟開。牠撞到椅背，彈到地上，慘叫一聲，癱了。

我趕緊抱牠去動物醫院。醫生給牠照了X光之後，立刻轉身罵我：「繃豬不是鐵打的！」

可憐的珠，在這麼小小的年紀就開了第一次刀。麻藥退了，看見牠驚嚇又疼痛的樣子，我掉了眼淚。

現在的繃豬真是鐵打的，因為牠的前腳骨頭上鎖了一條鋼片，變成了名符其實的「金剛貓」。沒想到的是，痊癒之後，珠變得膽子更大了！

我發現貓怕的三樣東西，Bijou都不怕：

一、不怕水。以前牠犯錯，我曾試著噴水懲罰，但發現沒用。這麼做不但讓珠變本加厲，而且還趁我不在家的時候，把水壺的噴頭咬爛。

二、不怕人。門鈴響，珠總是第一個到門口。看到陌生人也不會躲起來，而且人愈多，牠愈瘋。只不過有時候瘋過頭，牠會突然「抓狂」，發出一陣吼叫，接著便傳來朋友們的哀嚎。至今，在我家掛彩的訪客已超過十人，而根據觀察，珠似乎偏愛攻擊記者。

三、不怕狗。有個朋友曾把她的西施犬帶來，珠很好奇地上前探視，但我還沒來得及說「你看多可愛」，那隻狗已經挨了一陣飛爪，躲在籠子裡發抖。連大樓管理員養的白色土狗，看到珠就夾著尾巴跑掉。

在找什麼？

不過我私下很自豪地認為：珠那麼愛鬥，有一部分是因為我。

貓的肢體語言很豐富，尤其是尾巴，例如翹高高代表開心友善，蓬起來是驚嚇憤怒；快速搖表示不安，慢慢搖則是在想心事。但Bijou不只如此，因為牠會對我說話。起碼我們幾年下來，學會了一些彼此的語言。

例如當牠想玩逗貓棒時，會看著我說「wuluwuluwulu？」如果我願意陪牠玩，便回應：「akkkkkkkkkk。」那是貓語「要打獵」的意思（這不是蓋的，許多貓遇到獵物時都會發出類似的聲音）。聽到我這麼回應，牠便叫一聲「akk」，然後馬上跑去角落壓低身體，擺出打獵的姿勢。但如果我不想玩，便對牠說：「Not now!」牠會發出一個很失望的「owwwww」，然後跳上書桌，把我的原子筆一一撥到地上。

早上當我從臥室出來，Bijou會對我叫「reowwweruruOW！」每天就這麼一次，於是我推論牠的意思八成是「早安」。牠不爽的時候也會碎碎念，語氣跟我女朋友差不多。

專家說，雖然貓看起來對人愛理不理的，其實牠們聽得懂許多字，而如果主人常對貓說話，貓也比較可能會對主人說話。我與Bijou之間的詞彙已經有將近十個字了。之前日本推出貓語翻譯機，我本來要託人買，後來想想還是算了，寧可相信自己的翻譯！

Bijou結紮後就愈來愈肥，現在已經活像隻企鵝。就貓齡來說，牠算熟女了，但每次看牠跟別人玩耍，總覺得牠像個任性又倔強的小朋友。常來家裡的人沒有不曾被牠突襲過的，連我老爸都被牠咬過下巴，也因此牠被眾人封為「Crazy Cat」。

有朋友曾經問我，是否希望牠變成一隻溫馴的乖貓，我說我寧可牠一直這樣。因為搏鬥一番之後，牠總是會回來把頭在我身上磨來磨去。如果牠平常不那麼機車，撒嬌時也不會那麼可愛了。

「但你知道，貓這麼做，是因為要留下牠的味道在你身上，把你列為牠的所有！」朋友說。

「所以你的意思是……？」我問。

「噢……算了。」朋友說：「現在我知道誰是主人，誰是寵物了！」

老爸畫的Bijou。

三十五歲前影響我最深的十本書或雜誌

01 赫曼·赫塞 ／（Hermann Hesse）《流浪者之歌》（Siddhartha）

這本十幾歲時無意間撿到的一本書，竟然影響了我一輩子。大約每七年我就會重讀一次，每次讀都能產生新的感動。

02 吳承恩 ／《西遊記》

很小的時候就讀過它的白話文版本，是我心目中最經典的冒險故事。

03 劉墉 ／《超越自己》、《創造自己》、《肯定自己》

2007年推出二十週年紀念版時，我針對了每一篇文章做了回覆。嚴格來說這算是三本，但對我而言，就如同一篇很長的家書！

04 《經濟學人雜誌》 （The Economist）

每週不僅對世界大事做出深度的分析，且有獨到的見解。於我而言是最具有世界觀的雜誌。

05 馬奎斯（Gabriel García Márquez）／《百年孤寂》（One Hundred Years of Solitude）

在讀這本經典名著之前，我不知原來還有「魔幻寫實」這樣的創作筆法，而且它竟然比任何的寫實都還要寫實⋯⋯

06 傑克·凱魯亞克（Jack Kerouac）／《旅途上》（On The Road）

每一個美國的青少年在年少輕狂時都會愛讀的一本書。你可以說它是美國版的《革命前夕的摩托車日記》，只是它更叛逆、更頹廢一點。

07 米蘭・昆德拉（Milan Kundera）／《可笑的愛》（Laughable Loves）

米蘭・昆德拉一直是我非常欣賞的文學家。除此之外，我覺得他也是心理學家、政治學家和哲學家。這本由短篇故事集結而成的小說集，描述人與人之間在誤會之中產生的荒謬和美麗，十足動人。

08 《花花公子雜誌》（美國版）（Playboy Magazine）

從前跟同學們互相偷偷傳閱，長大後才發現裡頭的文章跟報導也都相當有份量，而且品味不俗，只看圖片就太可惜了！

09 Bertrand Russell ／《幸福之路》（The Conquest Of Happiness）

很久之前親戚給我的一本長篇哲學散文，一開始完全看不懂，但細細咀嚼之下，卻讓我心中產生許多疑問，有關快樂、成功、生命的意義……開啟了我很多方面的思考。

10 《The Rand McNally World Atlas》

其實這就是一本地圖集，但它不僅是參考書，也是一個探險家的心靈寶藏圖。在Google Maps還沒有出現的年代，翻開它的任何一頁，看著那些彎曲線條中的陌生地名，總是會讓我充滿想像和探索的慾望。

crazy little things
called love

04

愛在哪裡，心就在哪裡。
傷痕累累的心，和幸福的微笑，
也許是同一個硬幣的兩個面。
傷到深處，還是有情！

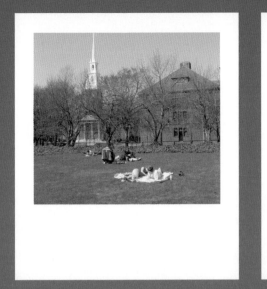

September

九月

Jane 和 Simon 在去年九月認識。當我看到他們在擁擠的舞池裡貼耳談笑，心中不禁哼起 Earth, Wind & Fire 的經典老歌〈September〉：「你是否記得九月二十一日的夜晚？愛情改變虛偽的心，並趕走了烏雲……」

交往半年後，Simon 主動分手。以我對 Jane 的了解，應該又是她缺乏安全感造成對方太多的壓力。看到一個漂亮的女孩子哭泣是個既美又可惜的景象。每週 Jane 來店裡，第一件事就是問我：「看到 Simon 嗎？」我總是回答：「沒有。」這是行規也是道德。事實上，每次 Simon 都會帶不同的女生過來問我：「有沒有看到 Jane？」我說：「沒有。」他便說：「還好。」

他們不可能沒看到彼此，但即使看到也假裝是陌生人。有好一陣子 Jane 沒來店裡，她再次出現時，已交了個金融業的新男友，年紀比她大許多。

那晚，當我放出〈September〉這首歌時，才突然察覺時間已經過了一年。往下一看，Simon 在舞池邊摟著一個女的，聽到前奏，他猛然抬起頭來東張西望；而同時在遠處吧台旁的 Jane 也探出頭。

〈September〉的副歌隨著舞客的歡呼響起：Ba de ya......Say do you remember ......dancing in September......never was a cloudy day......

Dancing in September......

兩人隔著舞池看到彼此，頓了幾秒，Jane 臉上露出淡淡笑容，不知那算甜美還是冷酷，然後她緩緩地把頭塞進新男友的脖子裡。我看不到 Simon 的表情，但他抱著毫不知情的新歡，偷偷地往那個方向看了好久。

那晚，Simon 很早就離開了。

Wrong or Right

我一個女生朋友，之前在派對上認識了我另一個男生好友，兩人熱戀了半年，接著冷卻了半年。其中我比誰都清楚，因為身為「中間人」，雙方都會向我傾訴。

男生有一天說：「實在受不了她了！我愛逛書店，她只愛逛街。我喜歡的藝術電影，她一看就打哈欠。我們去博物館，她抱怨腳痛。除了在床上，我們根本沒有交集，因為她完全沒有文化素養！」

過了兩天，女生紅著眼眶跑來，我早知道情勢不妙，但無法老實跟她說，怕加深她的傷害。

但是分手後，女生也漸漸改變，下班去學外文，週末去誠品聽講座。隔了半年，她和前男友偶然在影展相逢，男生見到她大吃一驚，心想：「這是我當初甩掉的女友嗎？」他們一起吃飯，晚餐後男生送她回家，試探地把臉貼近，卻被她輕輕推開。

「你還是老樣子。告訴我，你學會陪女友逛街了嗎？」她說完便下了車。

她事後告訴我：「改變是因為他，但不是為了他。」她解釋：「和他在一起的時候，我總覺得自己很笨。如果拿起一本雜誌，他會說『這種垃圾你也看！』看個電影，總是得聽他分析老半天，展現自己的內行。直到分手

之後，我才有勇氣自己嘗試，也才逐漸發現，他的世界其實也沒多難懂。說實話，他雖然希望我改變，但從來沒給我自信去改變。但是最後還是感謝他，因為那天下了車之後，我更有自信了！」

我有一位大學好友，畢業後與他的童年麻吉成立了一家網路公司。那正是 dot com 泡沫化的時期，兩人都是能言善道的常春藤校友，去矽谷走了一圈之後，竟然募到了六千多萬美元的資金，員工從七人暴增到兩百多。當時許多大學同學都以高薪被聘去他們那裡上班。

但是好景不長，千禧年還沒到，公司已經宣布破產。兩百多個員工紛紛摸著鼻子走了，剩下兩位創辦人在辦公室裡面互丟垃圾，完全撕破臉。

事隔一陣子，雙方冷靜之後，重新檢討當初失敗的原因，並整理成一份完整的報告，針對企業每個部門列出「我們做錯的事情」和「我們做對的事情」。就人事方面：「我們做錯的是太快聘了太多人，又不清楚他們該做什麼。做對的是大量吸收精英，讓我們能夠快速成長」。就經營方面：「我們做錯的是花太多時間炒作品牌，而忽略了實際的生意。做對的是創造了很強的 brand，因此製造了許多延伸機會。」

整體看來，似乎有個結論：許多做錯的事情，反過來也成為了做對的事情！

現在這兩個兒時玩伴以各別獲得的寶貴經驗，成立了一家顧問公司，專門協助營運亮紅燈的企業機構，聽說很成功。

人生不是常常這樣嗎？許多做錯的事情，也是做對的事情，因為錯誤使我

們成長、改變,而在學習之中我們變得更聰明。

就像在感情方面,一段錯誤可能造成了分裂,卻造就了下一段感情發生,而後者雖然繼承了前者的傷痕,卻也受益於前者的經驗。

又想起另一個朋友,之前和一個有嚴重自閉症的女生交往。那個女生因為曾經受過心理創傷,對人性充滿了懷疑。我朋友耐心地護著她,忍受她的冷漠,讓她體會感情所需要的信賴與坦誠。最後女孩子逐漸敞開了心房,但那時我朋友卻已經精疲力竭,失去了原本的幽默感。最後,他還是決定和那個女生分手。女孩子傷心透了,在街上大聲咒罵。

我朋友苦笑著說:「很好!很好!你終於學會表達你的憤怒了!」

那女生後來交的男友,完全不曉得這段往事。但令人欣慰的是,她的感情很正常。我那位朋友雖然甩了她,但終究幫助了她。聽說前一陣子他們又恢復聯絡,還帶了各自的另一半,一起去看電影。

誰對?誰錯?到最後似乎都不重要了。只要學到了經驗,帶著感恩的態度面對過去,那每一段錯誤,何嘗不是個善緣?

每一段感情，都能是一段善緣。

Foreign
Concessions

有性無愛的夜租界

有家夜店，打死我也不肯去。

那是一間東區的酒吧餐廳，它的名氣，來自它是專給老外找一夜情的地方。到了週末，幾乎清一色外國男人和台灣妹在那裡忙著「互把」。午夜時段，女客還會跳上吧台熱舞，聽說下面一片猙獰的面孔和高舉的手，活像華爾街的股票交易市場。

幾乎我在台灣認識的外國男生都曾光顧那兒，說東西好吃，但我知道他們講的是什麼菜。有次聽到一個老外形容那裡的女孩「只要有心跳，就上得了」，更加強我的反感。

很多ABC朋友也對此嗤之以鼻：「台妹看到阿斗仔，金髮加十分，豬哥變型男，什麼屁！」

我們說得痛快，但同時卻有兩種矛盾：一、我們都認識許多不錯的外國男生，很負責任也很照顧女友，不能一竿子打翻一船人；二、酸葡萄作用，為什麼美眉不多看看我呢？我也不錯啊！

我曾經在泰國一個類似的場所，見到一位四十幾歲，穿著五彩夏威夷襯衫的胖子，同時跟幾個小辣妹左擁右抱著，講話大聲又粗俗。那個傢伙在自己的家鄉八成沒人會多看他一眼，出國卻大搖大擺的，真噁心。隔天我和

導遊提及此事，本來以為他會跟著一起訕笑，沒想到他卻冷冷地回答：「真奇怪，那些妞又黑又醜，你們外國人怎麼那麼愛？」我本來嘻嘻哈哈的，聽到「你們外國人」這五個字，覺得一個耳光賞回自己的臉上。

前一陣子赴一個外國朋友的約，在他的堅持之下，我不得已踏進了那家店。勉強來說，那不算破例，因為當時是早午餐時間，它還只是個普通的西餐廳。

我點了烘蛋，轉頭張望一下，看到好幾個認識的人在用餐：其中一個是加拿大人，對面坐著他已交往五年的台灣女友。另一個是英文老師，前年結婚後，搬到木柵，一起用餐的是他妻子，旁邊擺著娃娃車。我還看到一個圈內知名的外國「牛郎」，和他最近攀上的女金主正滿臉睡意地咬著土司。認識的人都懶懶地彼此揮手一笑。

陽光斜斜照進來，空氣中飄著前一天晚上遺留的啤酒和香煙的酸味。整個地方有一種「末代外租界」的感覺，彷彿軍隊已經撤離，而留下的人已經被他們的國家所遺忘。這時烘蛋來了，嘗一口，他媽的，還真有美國的味道。

What is Sexy?

什麼是性感？

Sex，還有什麼討論的空間？講到它，媒體立刻前來報導、三姑六婆馬上靜下來傾聽、教室裡每個學生都醒了。

我敢說 sex 是人類除了食物與睡眠之外最盡力追求的東西。有些人會說我們都在追求love或God，但那些都是高層的目標，只有 sex 是本能。

Sex不只是為了繁殖，它也是一種享樂。因為代表享樂，所以我們enjoy的感官藝術經常都藏著性暗示。也因為享樂，sex的聯想會讓我們怯懦、內疚，因為根據經驗，享受總是要付出代價的。

什麼是sexy？什麼是「性感」？我在以上的矛盾之中看到了一絲線索。

「美麗」不等於「性感」，而性感也不一定美麗，因為美的東西沒有侵略性，但性感總是有一點點挑釁，在潛意識中讓我們感到些許不安。

雖然英文說「Beauty is in the eye of the beholder.」，但我覺得「美」是可以被公認的，「性感」才真正屬於個人品味，因為它所觸擊到的是私人經歷。每當我們想要占有一個東西，卻在過程中受到挫折，那痛苦的教訓反而會使我們更想要徹底地擁有它。那得失之間的內心掙扎成為一種動機。久而久之，當危險的事物暗示著獲得的快感，我們就像飛蛾撲火一般，不得不靠近。

所以一個男生可以很帥、女生很美，但如果沒有帶著一點壞勁兒，就稱不上真的 sexy。

「壞」，我把它化為一個很抽象的解釋：任何挑戰我們給自己定的規矩、挑逗著充滿矛盾的良知，讓我們同時說「Yes！」跟「No！」的，都很壞，也很好。

最近在信義計畫區逛街時，我深深覺得現代生活已被解體，慾望被化為可以被購買的單品，放大在四處的海報上。那時，眼角閃過的一撮飄逸的長髮、有點賣弄的步伐、嘴角一個不屑的微笑、一個快速探視的眼神，讓我頓時想回首一望，但沒有。

那分秒間突襲意識的畫面喚起了某些回憶和衝動。這時我發現，如同亞當和夏娃註定要走出伊甸園一樣，所有的故事都註定從誘惑開始。那些片刻可生可逝，讓我們在麻木的安逸中被電一下，內心一顫。

對我來說，那就是性感。

It's All About the Money, Baby

離合悲歡總是錢

我和我老爸有個叫「相對論」的雜誌專欄。每個月，老爸會從美國 e-mail 一篇文章給我，我則針對它寫一篇回覆。

前一陣子他寄來一篇文章，裡面提到俄國首富阿布拉莫維奇（Roman Abramovich）和他結婚十六年的老婆伊蓮娜（Irina）離婚，付出財產半數，相當於一百億美金的贍養費。我絞盡腦汁也想不出什麼回應，不得不打電話去求救。

「這篇很能發揮啊！」老爸在電話裡說：「你可以談談美國人的婚姻觀，談他們如何強調 partnership（合夥），一同負擔責任，也平等分享所獲。」

掛上電話，我又想了很久，搞不清楚是自己聽不懂老爸的說法，還是他對美國人的了解太天真了。

西方的婚姻真如他所說的那麼平等嗎？美國的離婚率將近百分之五十，顯然「合夥」的方式不是那麼美滿。美國有個電視節目叫「Divorce Court」，每一集採取真人實事在電視上以虛擬的方式「開庭」，從1960年代開播一直到現在都有很高的收視率。我想離婚這件事在哪裡都一樣，是場複雜又不公平的戰局。

台灣人說「嫁／娶對尪／某，少奮鬥二十年」，國外也是一樣。亞洲有

《大和拜金女》，歐洲有《巴黎拜金女》，描寫的基本上是同一種心態的人，連結局也差不多。「真愛比金錢更重要」是這些浪漫劇情的宗旨，因此主角們最後都選擇跟著窮光蛋騎摩托車遊天涯海角。我們看了頗有感動，但離開戲院回到真實世界，碰到的卻常是另一種局面。

曾看過一本女性雜誌中某篇叫〈酒店青春夢〉的文章。一名二十五歲的小姐以第一人稱描述她如何從事酒店經紀人的工作，並透露行內的種種風情。歡場無真愛，在酒店裡只有鈔票是真的。作者說她永遠警告新來的小姐不要動感情，但她們總是得自己學教訓。作者說：「像是千古不變的定律，受傷的，永遠是曾經付出真愛的那一方。」我看到這裡不禁覺得很矛盾，這所謂的「真愛」，從一開始不就建立在金錢的補貼上嗎？愛情開始變質的第一個徵兆，也是當每個月定期的生活費開始延遲出現。儘管女孩子覺得自己付出真愛，這整個戀情過程還不是充滿了銅臭味？

相信大家都知道 Anna Nicole Smith 的故事。這位原本在德州炸雞店打工的小妹因為一對巨乳和酷似 Marilyn Monroe 的臉蛋而攀上了《Playboy》的年度女郎寶座。有一天遇上了比她大六十三歲的石油大亨 J. Howard Marshall，便把窮光蛋丈夫給甩了，與石油王閃電結婚。大家說安娜只看上老頭的錢，當然安娜自稱這全是真愛。

結婚一年後，石油王就掛了，留下十六億美元的財產，而遺囑裡竟然沒分一毛錢給安娜。安娜立刻展開一場龐大的官司，多次敗訴不罷休，一路吵到美國最高法院。法院判她無權力得到石油王的財產，但有權繼續上訴。「當初不是說金錢不重要，年齡也不重要嗎？」記者們問安娜。她的回答夠資格進入二十世紀經典語錄：「當『我』是很貴的！」（It's expensive being me！）

講到這裡，我必須更正一下老爸的說法：根據最新的報導，伊蓮娜獲得的贍養費只有三億美金左右，而原先媒體上流傳的五十五億還要等另外正在進行的「外遇」官司的判決，且可能性不大。因此史上最高的贍養費應該還是美國媒體大亨US News Corp 老闆梅鐸於1999年所付出的十七億美金，給予共同度過三十二年婚姻的前妻。

十七億美金！搞不好許多女人心裡正想：「管他公不公平！給我十分之一就好！」

只要天下有富翁，就有拜金女，也有拜金男。大家看看許純美的歷年男友們就知道這與性別無關。真愛嗎？Maybe。但當我們平常人還在為五斗米折腰的時候，看到這種幾輩子也花不完的數字，很難不會嘴巴酸酸的。這可不是歧視，只是嫉妒罷了！

愛情，也可以只是一起攜手走到老……

The Choice
is Not So Easy

終身大事，談何容易？

去年碰到閏七月，許多朋友的婚禮都排到了秋天。那時候喜宴之多，好幾次出現了「趕場」的狀況。

最近很流行把新人的戀愛故事製作成flash動畫，配上感性的音樂，在喜宴上反覆播放。看到這些總讓我感觸很深：人生如戲，哪一對情侶沒有故事？台上有故事，台下也有故事，在魚翅和紅酒之間，朋友們竊竊私語。

「旁邊那桌的 Ken 怎麼自己一個人來？」

「離婚了！」「Why ？」「老婆出軌。」「Really ？ 他也是？」

台上天長地久，台下曾經擁有。這種場面足以讓未婚者卻步，尤其像我這種老派，仍舊期盼婚姻是一輩子事的人。正是如此，每當看到身邊朋友與另一半出現變數，都提醒自己：寧可謹慎，不可衝動！

另一場喜宴，我竟然被安排到長輩桌，席上唯有一位和我差不多年齡的小姐。原本以為旁邊坐的是她先生，後來才得知是她父親。她在美國念完碩士，前幾年回來接手家裡的生意。

看她用台語跟長輩們一一敬酒，威士忌連續乾杯，我不禁暗地裡佩服。

「你的酒量一直都這麼好？」

「回台灣才訓練出來的。」她說，「不難。」

我隱約在她的「不難」之中感到一點為難的語氣。和她互敬了幾杯之後，我猜到了。她有的是許多台灣職業女性共享的無奈：獨立、貌美、聰明，但為了事業而放棄了感情，等到真能喘口氣談戀愛都已經年過三十了，而外面的男人永遠都在把小美眉。

「一切隨緣吧！」她對我說，「乾杯！」

以前在波士頓念書時，我認識來自各國的留學生，因為遠離了家人的監督，在異鄉大膽地體驗生活。波士頓的夜店裡滿是中東和亞洲人，許多算是貴族或企業家第二代，享有經濟優勢，又同時背著家族包袱。他們亂喝、亂搞、玩瘋了，但畢業後紛紛回家當乖孩子。

我的英國大學室友就和一位印度佳麗熱戀。這是個危險的祕密，因為當時女方的父母親已委託媒人在印度找好了對象，一畢業就要舉辦婚禮。雖然她家長都是醫生，在美國也住了十幾年，卻堅持這種傳統的安排。對方還要求「純潔保障」，據說甚至曾派人到學校探視。萬一我室友與她的戀情曝光，後果不堪設想。

每次那女孩子和我室友過夜，我都得逃到圖書館，因為她實在太大聲了，可以說整個樓層都聽得到。我懷疑那至少有一部分是故意的。她唯恐有人聽到，又希望有人聽到。

還有個大學朋友是個香港豪門公子哥。據說他的父母親就是在媒妁的安排之下湊成一對，結合了兩個本來就很顯赫的香港企業家族。他母親是個道地的港式貴婦，整天打麻將，他父親則是在英國受過高等教育的浪漫學者。有一天我朋友的爺爺去世，他父親如同突然獲釋，立刻和太太離婚，放棄香港的一切，交了個比他小二十歲的女朋友，兩人搬到歐洲過波西米亞的生活。

畢業後，我朋友也搬回香港，和他母親住在山頂別墅裡。最近他母親已開始為他相親，相信他的婚禮一定會很有場面，但他卻成了不受束縛的花花公子，想必看到他父親的榜樣，讓他更充滿了矛盾。

不管我們怎樣編理由，告訴別人跟自己，婚姻的價值不只是經濟條件的交換，也是感情的寄託、分享彼此之間的祕密，和一大堆說不清楚、簡稱為「愛」的抽象東西。愛在哪裡，心就在哪裡。如果心不在同一個地方，說自己快樂也沒說服力。

終身大事，談何容易？

愛情，談何容易。

Love
Hurts

我認識一個女生，十八歲那年搬到台北，十九歲談戀愛，二十歲分手，等到情傷終於痊癒，整個人彷彿憔悴了十載，且因為愛得太深，分手時還曾尋短。

她現在用刺青修飾了割腕的傷疤，兩道荊棘的圖騰盤在手上，被她戲稱為「愛情的手銬」。「當年愛到無法自拔，意識到他要離開我又不知道該怎麼辦，就想用這種方式把他『拴住』。最後救護車來了，他還是沒回來。」

她之前把心挖空了，剩下的洞太大，瘡疤太深了，一時填不滿而使她對一切格外冷漠。奇怪的是，那曾受過傷的樣子似乎使她對男生更具吸引力。這個朋友目前有好幾個交往對象，而且每個都被她吃得死死的。這算是一種變相的報復嗎？

「我只能說，有些人喜歡占下風。」她淡淡一揮：「把自己搞得一塌糊塗，還樂在其中，就像我當年一樣。」

我還有個男生朋友，到了大學才初戀。異性的青睞使他受寵若驚，把對方當成恩人，恨不得把她擺在聖壇上崇拜。但這並沒使他得到好報，反而因為他對女友過度的配合而被嫌「沒主見」。

寒假到了，女孩子對他說：「我們分開一陣子，暫時不要聯絡，開學後再

從頭開始。」男生被放逐到情場邊疆，夜夜孤枕難眠，還跑去沙石場打粗工，把自己搞到精疲力竭，終於熬過了假期，回到學校，才發現女生的「從頭開始」，意思是「從陌生人開始」。

某一晚，女生忽然打電話來，說是想聽他拉小提琴。他興高采烈地跑上宿舍樓頂與她碰面，在月光下卻見到兩個人影——女生竟然帶了個男伴。他還是硬拉完一首曲子，衝回房間，把琴砸爛。

「這樣受傷一次，就夠了！」他說。

但同時他也承認，當年的那種椎心之痛，苦中竟然有點回甘。

西班牙有句俚語：「哪裡有愛，哪裡就有痛。」以務實的角度去看，談戀愛還真不符合經濟效益，但我們依舊像飛蛾撲火，因為那是大自然的程式，有「痛」必然有「快」。最新的MRI機器掃描也發現腦部掌管pleasure和pain的部位根本就是隔門鄰居，而且當實驗對象想到「愛」的時候，「痛」和「快」兩個部位竟然都有反應。

義大利科學家最近也發表了一份研究，發現年輕人在剛墜入愛河的前半年，血清素竟然比平常少了高達百分之四十。血清素是我們腦部的「天然百憂解」，怎麼談戀愛反而會減少？學者自嘲地說，也許這跟義大利人談戀愛的方式有關吧！

無論如何，有愛必有痛，這是廣為接受的事實。回想我自己的感情史，有些記憶特別鮮明，許多都是不開心的，但這些畫面與快樂時光並排，又顯得很美。莎士比亞說：「愛是一片嘆息的煙霧。」就此形容，當我們把煙

霧撥開之後，又會看到什麼呢？傷痕累累的心，和幸福的微笑，也許是同一個硬幣的兩個面。傷到深處，還是有情！

愛情說到底，也只有身在其中的彼此才能真正了解。

結婚之前一定要和情人完成的十件事

01 和你的另一半做至少一次的長途旅遊。

02 一起去圖書館坐一個下午，看自己的書，不要跟對方交談，出來之後再聊。

03 做一頓燭光晚餐。不管你洗菜還是他切菜，或是你切菜他炒菜，開一瓶紅酒。不用急著洗碗。

04 一起買一個玩偶，給它取個名字，旅行時永遠帶著它。

05 和你的另一半去夜店，假裝不認識，彼此搭訕，不准笑場。

06 去看彼此小時候長大的地方。

07 趁著有流星雨時上山頭許個願。

08 去一個孤兒院或療養院，兩人一起做個不署名的捐款。

09 一起照顧一盆植物或是一個小動物。

10 在對方面前放個響屁。假如你辦不到，很難走一輩子。

給年輕時的自己
寫備忘錄

05

所謂的「忘我」，
不只是忘記自我，
也應該是「忘記別人在看著我」。
在開始大刀闊斧之前，
讓我們先靜下心來，
Turn off, and tune out!

Be a Traveler,
Not a Tourist

當個旅行者，不要當觀光客

二十一世紀的旅遊需要重新被定位。有了Google，有了網路全球訂位系統，旅遊從來不曾這麼方便、這麼地大眾化、這麼地……缺乏挑戰。

想去倫敦嗎？不到幾分鐘便可下載一堆地圖、餐廳與住宿資訊，甚至還可以連接到大笨鐘上的webcam，即時看到倫敦的街景。想去南極嗎？搜尋一下，馬上可以找到十幾家合格的旅行社……總而言之，只要你有錢、有閒，世界上真是沒剩太多去不了的地方。

旅遊，變成了一念之間的事。

也正因此，現代旅遊又回歸到自我意識的本質。當艾菲爾鐵塔的每一個角度都已被無數位攝影師拍過之後，我們拍的那張又增加了什麼價值？唯一真正能夠稱為自己的，就是站在它前面，向上瞻望時的內心感觸。那種體驗和記憶才是無可取代的。很多人到一個地方會「先拍照、後觀賞」，但我卻相反。難怪我每次在最有感覺的地方，反而都沒拍什麼照片。

之前 Discovery 頻道推出一個新的廣告詞：「Be a traveler, not a tourist.」（當個旅行者，不要當觀光客）。但是，就當我訪問 Discovery 的主持人 Asha Gill 談到這個問題時，我們兩人共同的結論是：在現代的社會，兩者已經愈來愈難分別。

帶走的感覺，可能才是旅行中最重要的事。

Asha 說得很好：「觀光客可能買個艾菲爾鐵塔打火機，旅行者可能到旁邊的小巷子找個精美的手工藝品。但兩個人的體驗都一樣可貴，只不過體驗的角度不同而已。」

所以，每當內行朋友笑我手上戴的西藏天珠是假貨的時候，我直接回答：「我知道。但這是我在拉薩的大昭寺頂上買的。」

那天的陽光特別刺眼，寺廟擠滿了信徒，金色的禱告輪閃爍成一片，嗆鼻的松柏香隨著誦經的聲音瀰漫在空中。我躲進商店的陰涼處，賣我那串珠子的僧人很老實地告訴我：「這是牛骨，不是天珠。西藏已經沒有幾顆真的天珠了。」

我還是買了。而每當我看到它，就會喚起當天的回憶。更重要的，它讓我想起那位僧人的誠實及純樸的態度。它象徵了我離開西藏時選擇帶走的感覺。

入境隨俗，就是旅行最好的方式。

旅遊留給我們的，豈不都只是一堆故事和記憶？而隨著時間，連這些記憶也會改變。許多年之後，翻出當時的照片，我們恐怕會驚訝地發現，怎麼那座山沒有我記得的那麼高？怎麼那天的雨沒下得那麼大？

但這表示我們錯了嗎？可不。

正因為我們到過那裡，正因為我們親自體驗過，是好是壞，是美是醜，旅遊永遠是我們自己的。

旅行的體驗和記憶，經常是無可取代的。

Forget the Eyes of Others

最近我發現自己愈來愈需要放空。

以前住家裡時，念書算是一種放空。那是長輩認同的行為，所以把自己關在房間裡，面對桌燈下的紙墨，反而可以隨心所欲地神遊。我戴上walkman 耳機，調到流行音樂台，讓 DJ 呱噪的獨白隨著一首接著一首的歌曲，帶我進入一種「萬聲之中的寧靜」。家人問：「你聽那個，怎麼專心？」奇怪的是，我就是能專心。

大學沒了自己的房間，左鄰右舍也常來串門子。本來宿舍生活的樂趣就在於大家都年輕又愛攪和，如果需要獨處，就上圖書館，只有那裡才是無可侵犯的寧靜國度。我很幸運，全世界最著名的大學圖書館就在幾步之外，裡面有數英哩長的書架，一直延伸到地下五、六層。走到那舊紙的酸味永遠凝固在空氣裡的昏暗角落，總是可以找到一、兩張桌子，安置在那裡讓學生來隱居。看不到外面的光線，時間是沒有意義的。好多次聽到關門前的鐘響，才慢慢地從書堆裡拔身，出來發現已經天黑了，緩緩走下大理石台階，加入校園裡穿梭的人群，依舊浸泡在沉思之中，像個幽魂——那種感覺屬於我對大學時代最美好的回憶之一。

之後回到台灣，開始工作，逐漸喪失了那放空的能力。

我可以帶著 laptop 去咖啡店坐一整個下午，卻一直靜不下來。到健身房帶

上耳機跑步，只是為了讓音樂蓋過四周的聲音。坐在電腦前不停地點著滑鼠，網頁跳網頁，眼睛快速吸收大量的文字，好像很專注，其實很浮躁。之前讀一篇文章，作者肯特‧納烹（Kent Nerburn）說：「獨處是靈魂的試金石。它讓你知道你是否與自己和平相處，或是你的生活意義僅存在於日常瑣碎的事情之中。」我們都需要一個這樣的空間，讓我們進入自己的世界，看起來像是發呆，其實是一種放空後的沉思，一種 reset 回原點的方式。

台北的城市規劃不像歐美國家，有很多小公園和廣場，裡面只有噴水池和鴿子；台灣的公園兼具「靜」和「動」的功能，涼亭旁邊則是滑梯，讓老人休息時還可以看著孫子玩耍。台北市幾乎沒什麼地方能讓人放空。連書店也逐漸向商場模式發展，有地方吃飯、買衣服、看雜誌，每個角落和階梯都是人。

我曾經自己坐在波士頓的河邊一整個下午，但現在即使有那個閒情，也不會在大安森林公園的板凳上坐一個鐘頭。我相信我的偏見也是許多台灣人共有的。因為在這裡，「獨處」跟「孤獨」很容易被畫上等號。許多朋友跟我說：「我可以自己逛街，但不能自己吃飯。」我了解那樣的感覺。即使能抽出片刻自己看個電影，散場的時候也會覺得很寂寞，因為幾乎大家都是成群結伴的。

最近去聽一位國外來的電音DJ。他放的音樂很深沉、迷幻，重視熱鬧的台灣舞客不太能接受而紛紛離開，最後只留下幾個人在舞池裡。其中有個女生很特別，她閉著眼睛，大幅度地擺動著身體，很顯然陶醉在音樂之中。她的樣子，讓我想到非洲部落的鼓舞慶典中，在一圈鼓聲中跳到忘我的舞者。

我朋友湊過來說：「她一定忘了別人在看她！」

聽他這麼說，我突然有了個想法：所謂的「忘我」，不只是忘記自我，也應該是「忘記別人在看著我」。那個女生也許知道別人在討論她，但她不 care。即使在擁擠吵鬧的夜店裡，她也找到了自己獨處的空間。這個景象在旁人圍觀之下顯得好奇怪，有點尷尬，又好有勇氣。

於是我決定找一個禮拜的時間，不管別人想什麼，就要堅持當個城市隱形人去放空。我鬍子不刮，戴個鴨舌帽在街上漫步，刻意挑沒人去的餐廳吃飯，也不跟店員互動，坐在捷運站外面的板凳上看書，騎著腳踏車在小巷子裡閒晃……才發現一旦忘了目的跟別人的眼光，腦袋便逐漸清楚，靈感也開始回來。我在鬧區的雜音中又聽見旋律，在發呆的時候又感覺到寫作的動機。

回到家裡，打開電腦，螢幕上冒出一排 MSN 視窗。Yes, I am back.

回想那個禮拜，就像是渡假一樣。唯一遺憾的是沒有帶更好的相機，因為當你放空的時候，會在城市的許多角落看到有感觸的事物。我當時只用手機快拍了幾張，後來也沒時間去整理。最近才把那些照片叫出來，不禁一笑，因為我發現幾乎每一次按下快門時，畫面裡都正好有人在看著鏡頭。

「獨處是靈魂的試金石。」—— 肯特‧納烹

Off Time

某個週末下午，我拿起大前研一的《OFF學》，趁著幾個小時的空檔，希望一口氣把它看完，但還沒過第三章，就在沙發上睡著了。

可能是因為這本書其實是大前先生在日本 POST 週刊的專欄，內容原本就該一篇篇分開來閱讀，但我也不禁覺得這本書不太適用於我目前的生活狀態。

我目前的生活除了出版之外，還包括了音樂製作、活動策劃和club DJ。每個都是我的興趣，所以說得好聽，日子算是過得很豐富，但也可以說我是個從來沒有 off time 的人。

正面來看，我隨時都有事可以做，休閒娛樂也是賺錢的機會。但同時我少了許多relax 的空間。聽一張 CD 不只是為了娛樂，也是在做功課；逛街不只是為了買東西，也成為市場勘察。

我認識不少身兼數職的 SOHO 族，尤其在創意產業更為普遍。能把自己的興趣和職業結合當然值得慶幸，但最大的挑戰，也是我們生活的共同難題，就是如何維持「興趣」的輕鬆態度，又以「專業」的精神面對工作。這遠比規劃時間難好幾倍。

如果 off time 也是 on time，要如何做好心理的切割？自己已經睡眠不足

了，又要怎樣才能保持原始的熱衷？

念大學時，我常跟室友們在深夜瞎扯，聊些天南地北的知識。有時候討論出一個有趣的idea，可以讓我們興奮不已、徹夜不睡。開始工作之後，就很少有這樣的機會了。跟同事們相聚，不是在聊工作就是在抱怨客戶。

回想當年，一個 idea 就能讓自己產生passion，那種感覺實在很可貴。對我來說，那才是 off time 該有的收穫，所以我現在都會想辦法找時間閱讀，跟朋友們分享知識而不是八卦。通常身邊的人聽了之後，都會給一些有趣的聯想或新的觀點，把話題變得更豐富。

Off time 可以很天馬行空，跳出平常的生活框架而達到放鬆的效果，但同時它也可以很充實，在交談之間獲得新的靈感。相信大前研一先生應該也會贊同吧！

Cutting Out

| **削減的藝術**

1966 年，一位年輕的哈佛大學教授力勸他的學生「Turn on, tune in, and
drop out.」。這句話後來成為一本書名、一張經典唱片的標題，和當代思想
開放的年輕人共喊的口號。這些所謂的嘻皮們反對越戰，反對中產階級的
無趣生活，更反抗主流社會的強勢同化。Timothy Leary 教授提出的呼籲：
「turn on（your mind）」（開啟你的大腦）、「tune in（to the world）」（聆聽這
個世界）、「drop out（of the system）」（脫離主流體制）正是他們想聽到的
號召口令。

然而諷刺的是，Leary 教授因為和學生一起進行 LSD 迷幻藥的實驗而被哈
佛開除，也從此被歸類為邊緣人物，永難翻身。美國從越南撤退、約翰・
藍儂被槍殺、嘻皮文化終告結束之後，社會又返回了「正常」的日子，
一頭栽進了1980年代 —— 一個後來被批評為「美國最貪婪、最沒大腦的時
代」。

最近我恰巧重逢了Leary 教授的演說內容，不禁覺得他的話有幾分真言。
我們的生活中已充斥著太多的「turn on」和「tune in」；所有爭著要占據
我們眼睛和耳朵的頻道、電視台和網站已經把大眾培育成注意力無法集中
的雜食一族。在我們忙於傳達和吸收資訊時，已經變得難以區分現實和虛
構，分不清什麼是炒作，什麼是真相。1960年代的嘻皮們爭取的是資訊自
由，但如今我們反而要逃離資訊才能獲得自由。如果 Leary 教授仍在世，
他的口號可能會是「turn off（關掉你的電視），tune out（摒除你周遭的噪

逃離資訊，才能獲得自由。

音），and cut out（削減不必要的東西）」。

削減是一門藝術，就像切鑽石一樣，要磨出五十八面的經典 brilliant cut，就得忍痛失去高達一半的原料，而且還得先仔細觀看整顆石頭，避開裡面的氣泡和裂紋，盡量保留最好的部位。當 De Beers 在南非挖出了一顆重達六百克拉的巨鑽時，他們請世界上最著名的切割師將它削減為最完美的成品。這位專家研究了這顆鑽石整整一年才開始動手，前後花了三年的時間，切掉了八十克拉才把它磨成震驚中外的「世紀之鑽」，定價一億美金。

我們多半的人這輩子不會有一億美金，但是面對自己的一生，豈不是無價？如果我們認真地花一些時間檢視自己的生活，找到最好的角度、最好的切入點，也可以磨出令人驚豔的成績。

在開始大刀闊斧之前，讓我們先靜下心來，Turn off, and tune out.

Neither East Nor West,
But Both

不中不西，不如又中又西

三十年前，當我父親到美國的時候，全球的第一個BBS系統才剛成立，莎士比亞的著作在中國大陸才剛被解禁，而美國才剛開始在辦公室禁煙。換句話說，世界是個大不同的地方。

三十年前，拿公司的錢去進修後跳槽，這種事在美國現在則是極少見了，因為大部分的企業在投資人才之前，都會要求職員簽下同意書。如果失去一個好員工，上司是得負很大責任的。

三十年前，當傅高義教授（Ezra Vogel）寫下《日本第一》的時候，美國還未感受到東方國家的經濟勢力。但當年初版時，《日本第一》的書皮上就有個副標題：「給美國的教訓」。傅教授費了一番功夫解釋為什麼一個昔日戰敗的敵國竟然值得學習，但《日本第一》反而先在日本成了排行榜冠軍，才受到美國的重視。

十來年之後，我在大學上了傅教授的課。他自信滿滿地站在課堂前，話講得倒是挺謹慎。他強調鐵飯碗制度只能在大公司實行，對當時在日本萌發的中小企業來說，其實是個負擔。而且當社會改變，制度也必然改變。果然，三十年後的日本，連大公司的職員也會考慮跳槽或出國來提升自己的工作地位。

前幾年傅教授出了一本新書，但這次書名已換成：《日本還是第一嗎？》

到底美國的制度好，還是日本的制度好？答案或許就在兩者之間。我相信每個制度都有它創始的原因，民族性或許有影響，但並不是唯一的因素，而是與當下的社會需求有關。例如日本在二次世界大戰之後要以最快的速度重建，需要一個嚴格可靠的職場制度來安定社會；美國最初是許多異派人士聚集的理想國，隨後又接收一批接著一批的移民潮，也難怪會發展出許多維護公平權力的制度；台灣的教育系統被視為「填鴨」，但它倒是能訓練出一群反應快、動作快、思考直接的人，對於三十年前所走的OEM路線是非常有效率的，也符合當年的經濟策略。

事實上，在全球化的體系裡，已經很難分辨什麼是「東方」，什麼是「西方」，只能說在現代的環境，「不東不西」應該算是正常。因為世界已經改變了，態度跟思考邏輯也必然會調整。在美國總統大選勝選的歐巴馬，就以「改變」為主要訴求而得到民眾的支持。他號召美國走出之前的「老大心態」，與全世界建立一個平等對待的關係。這種思維已經跟我們一向認為的西方態度有很大的差別。我曾經在社會學裡讀到，西方與東方思想最大的不同就是，西方人會說：「你終究要走出來」（獨立），東方人則說：「你終究要走回去」（歸屬）。事實上，身為世界人，我們同時獨立也同時歸屬，我們既東又西，而不是不東不西。

我認為所謂的「不中不西」教育問題，是因為上一代在定義上過於刻板，比方說許多父母就都認為西方＝自我＝開放＝創意，而華人＝家庭＝溺愛＝孝順。很多人覺得要訓練創意，就得非常開放，而當個盡職的華人父母，就該對孩子照顧得無微不至。其實那些都只是皮毛上的處理方法。問題出在教育的方式不符合當下的需求；該管的時候不管，誤認為那是「給孩子空間」，但是該讓孩子獨立思考的時候，卻又過於保護。做子女的當然也會各取所需，在不同的場合展現無助或自主，全看當下哪種態度對他

們最有利。這也不能怪他們；說實在的，任何聰明人都會做對自己有利的
事。

這麼多年來住在國外，我曾經見過美國家長溺愛孩子遠勝過華人，也看過
比美國家長開放一百倍，幾乎是放牛吃草的華人家庭。兩個極端都不好，
但是在既不中又不西的地帶，怎樣選擇就看個人了。孩子長大了，都會了
解自己有一天總是得獨立，但也終究是家裡的一份子。我希望大家不要
再用「中式」與「西式」來為教育貼標籤；其實教育和工作的制度都是一
樣的，只有「合理」跟「不合理」，「適當」跟「不適當」之分。不中不
西，不如說是又中又西。取得各別最有用的部分，自己進行調配應用，才
是真正有智慧的教育方法。

又中又西的上海。

A Hero's
Tragic Destiny

相信所有的男生都至少看過一部《007》。以前的007跟現在的差別很大，變得最多的不是龐德，而是他周遭的環境。新一代的 Bond Girl 不再是花瓶，反而比較像搭檔。連 007 的老闆「M」都換成女人飾演。

在訪問中，製片說：「再不做調整，龐德只會愈來愈像冷戰時期的恐龍，難以在現代世界生存。」

但007畢竟還是個鐵漢，否則就不是007了，對吧？這可是他的「核心價值」耶！龐德絕對不能開 SUV、把 Vodka Martini 換成 Screwdriver，但是我們可以允許他身邊的角色出現一個有腦袋的女人，來激盪冷戰恐龍的沙文世界。

龐德應該愛上這位女主角。這麼優秀的女人誰不愛？為了愛，他可以決定洗手不幹、從此隱退江湖。

但就在這個時候，女主角必須死去，讓龐德傷痛不已，而當他兩眼閃出冷冷的仇意，我們就興奮起來，因為這樣才有續集可以看！

Sorry，Mr. Bond，這是你的宿命。

我以前也很喜歡一部電影，叫《終極追殺令》（The Professional）。

尚雷諾飾演的「里昂」是一個住在紐約的職業殺手，執行任務時冷靜凶狠，平時則獨自窩在一個小公寓裡，擦拭著盆栽的樹葉，像個小老頭。

某天彈雨之下的陰錯陽差，使他不得不收養一位喪失雙親的女孩子。里昂一輩子沒碰過這麼棘手的任務，一開始滿臉尷尬，很不習慣讓別人擾亂他的生活。但那個女孩子逐漸打動了他的心，兩人相依為命，既像父女又像情人。

後來，里昂為了替女孩子報仇，一路殺進了絕境。子彈橫飛之際，里昂對女孩子說：「不要哭，你不會失去我的。你讓我終於感受到了人生！我要快樂地活下去，你再也不會孤獨了……」

當然，里昂最後還是死了。

Sorry，里昂，這是你的宿命。

在古希臘，「悲劇英雄」（tragic hero）是很受歡迎的戲劇角色。他們所描寫的人物都出身不凡，有天生的英雄特質，但是都因為某些缺點，最後必定失敗身亡，而死前終於有機會了解自己，偏偏都太遲。

亞里斯多德說，當觀眾看到這樣的劇情時，會感受到悲傷及恐懼。我們為英雄的宿命感到憐憫，同時也受到了警惕，因為英雄的缺點也反映著我們人類共同的缺陷，而英雄的死是我們的救贖，英雄的痛苦換得觀眾的「痛快」。

我身邊有許多真實的悲劇英雄。他們像水牛似地默默奮鬥，帶著嚴肅的面

具，對家人也像是個武士。他們認定自己改不了，不懂得放下身段，被誤解也不會為自己辯護。他們知道世界在改變，卻選擇當個中流砥柱，頑固地撐到最後。

或許他們最大的恐懼就是讓自己敞開心懷、摘下面具，因為一旦這麼做，就可能會失去一切。畢竟這是英雄的宿命，不是嗎？

也許我們應該建議好萊塢多拍一些有快樂結局的英雄片，來改變一下老一輩英雄的觀念，讓他們看到鐵漢子學會妥協，在親人面前落淚，選擇正常退休，最後與三代同堂共享老年清福。

不過，我承認那樣的電影，票房肯定會很爛。

The Wrong Spark

話說，要在演藝圈成功，都得有一點「狂」。

「狂」是狂傲也是狂熱，是一種偏激的個性，是內心的一把火。對事情狂熱沒什麼不好，要當一個出色的藝人，它可以說是必要的條件。我們愛看有點瘋狂的藝人，因為他們能做出一般人做不出的事，說出一般人沒勇氣說的話。他們的大膽作風，讓我們在平凡的生活裡大呼過癮。

問題是，當個人的氣勢和魅力都已經到了巔峰，而原本內心的那把火逐漸燒盡時，該怎麼辦？有些人為了能夠維持自己「氣盛」的狀態，願意不擇手段。要如何讓自己充滿著生命力？找東西去引爆它！

理察・普賴爾（Richard Pryor）是美國最偉大的喜劇演員之一。他出生在一個貧窮又複雜的家庭。媽媽是妓女，爸爸沒工作，兩人對他的成長不聞不問。當兵時，他曾因為受到歧視而在軍中爆發衝突，還因此坐牢。他的坎坷人生後來成為了演出的題材。他把內心的憤怒化為笑料，在台上毫無禁忌地謾罵，像個瘋子，卻又笑中有淚，激動了觀眾而一路走紅。

但成名後，生活變得安逸，理察反而沒靈感了，即使怒吼也顯得不誠懇。為了維持昔日的亢奮狀態，理察開始吸毒，因為只有那樣才能讓他回到以前的自己。他曾自嘲說：「我不是愛吸白粉，我只是愛聞那個味道！」有一次在用「快克」時，理察竟然把自己嚴重燒傷，在醫院住了好幾個月，

後來又得了重病才終於戒毒。之後他反省：「沒在 high 的時候上台真的很可怕！毒品可以讓我變得無所謂。但是當你都五十歲了而什麼都無所謂，你還算個屁？」

我以前在美國最愛看的節目就是「Saturday Night Live」。那簡直就是個「狂人秀」，既無厘頭又諷刺性十足。許多王牌喜劇演員都出身於這個節目，例如艾迪・墨菲、羅賓・威廉斯和亞當・山德勒。但這個節目也同時有幾位巨星像是特別有才華的 John Belushi 和 Chris Farley，都因為吸毒過量而去世。連現在擁有好形象的羅賓・威廉斯也承認自己曾經是個無可救藥的毒蟲。他後來自嘲：「古柯鹼是上帝的警告，告訴你你賺太多錢了。」

這些知名的藝人，為什麼會那麼自暴自棄？因為每個人都精力有限。做個狂人也是要付出代價的。那股排山倒海的氣勢，需要很大的衝力。當一個平凡人使盡力氣，刻意把自己塑造成狂人時，他等於在燃燒自己的生命。而一個人如果不懂得什麼時候停止，就很可能把自己燒成灰燼。

如今，許多有野心的年輕藝人希望出類拔萃、受人矚目，用各種方法把自己變成「狂人」。但是人氣是靠生命力換來的，狂熱的生命更需要自惜。而每當鏡頭前陣亡一個英才，後面已排了許多接班人，準備獻上自己的生命。

我不能列舉名字，只能以這篇短文，誠心獻給一些圈內的朋友們。

Talent is Built
on Diversity

受邀參加了誠品書店與CNEX所合辦的紀錄片影展，主題為「癡人說夢」，於是參展的作品都跟夢有關。主辦單位CNEX（Chinese Next）也可以說是出自一個人的夢：前新浪網創辦人Ben Tsiang 蔣顯斌。他們的目標是用十年的時間製作一百部有關華人世界的紀錄片，透過紀實的媒介為現代社會建立一份檔案，做為「華人在二十一世紀初期所留下的軌跡」。

多麼偉大的夢想啊！當我剛認識 Ben 的時候，只知道他三十幾歲就有了令人敬佩的事業成就，為什麼要離開 IT 而投身文化產業呢？他說，自從創業以來，他就一直在尋找一個結合理工、設計和人文的平台。他雖然學的是理工，骨子裡著實是個文人，愛寫書法，也開過美術個展。他因為機遇從機械工程轉到資訊業，完成了一個夢想，如今轉舵再次出發，去實現下一個夢想。

在成功的過程中，Ben 所發展的路徑匯集了許多天時地利人和的因素。如果他早期沒有出國留學，剛好在dot com產業起步的那幾年就讀鄰近矽谷的史丹佛，接觸到最頂尖的學術和商業資源，或許新浪網不會那麼快速就位。在一個較傳統的理工環境，像 Ben 這樣的「文人工程師」，可能必須把職業與興趣做明顯的切割，或是只能選擇 A 或 B，而無法將 AB 結合，成為 CNEX 這樣的獨特綜合體。

癡人說夢，有夢不癡。

今天的世界已經愈變愈小、文化也愈來愈多元化。以前的社會透過對少數精英的栽培和強硬的制度訓練出精明能幹的工作群，進而構成高效率的產業。現在我們則需要廣面發展，接納各方面來的影響，在混亂之中透過撞擊而製造新的人才和機會。這個 diversity 的概念甚至必須跨越國度，結合不同文化的觀點才能在世界市場上展現競爭力。

在我的大學母校，一年級的學生都由校方安排住宿，二年級之後便可以選擇自己要住的地方。於是在校園裡，某個宿舍就自然形成了「藝術村」，某個宿舍成為「體育館」，而不同種族也聚集在不同的宿舍。但從我那一屆開始，哈佛就廢除了那個制度。一開始學生們很不滿，集體向學校抗議，我也是當時的反對者之一。我們說：「如果不讓類似環境、志同道合的人住在一起，我們怎麼可能互扶相持、匯集力量？」

校方則回覆：「志向和興趣相同的學生，總是有辦法聚在一起。但是刻意把居住的地方分散，你們才可能有機會認識完全不同的人，在磨合之間學習，而學校的環境才能有真正的diversity。」這套系統在運作了十五年之後，事實證明校方的選擇的確訓練出更有宏觀的學生。

如今的多元文化，「亂」不見得不好，我們應該製造一個開放的環境，讓學生出國回國沒有壓力，讓各領域的人才有平台能夠相識，也讓東方與西方、理工與人文、高尚與低俗全攪和在一起，把不同的夢想相互授粉，孕育出意想不到的新品種。

從影展會場走出來，在信義計畫區遊蕩，我發現到處都是說外語的華人面孔。有不少是回來玩的，也有不少從玩票到認真工作、談戀愛，逐漸認同這個地方為家鄉。我們可能抱著一些夢想，與當地的現實撞擊，創造出新

的生存模式。有些可能帶走當地的資源和佳人，但同時也有些候鳥回巢。
攪和之中認識了對的人、做對了事，誰知道未來有什麼新的驚喜！

Attitude Is
In Our Genes

我老爸常笑我怪,我不覺得自己怪,反倒要謝謝他,因為怪是跟他學的!

以前,看到老媽每天穿套裝出門上班,老爸穿睡衣在家裡寫文章,跟一般家庭比起來,光是這個場景就很不尋常了。而現在,我也常在家裡穿睡衣辦公。朋友問我這樣不怪嗎?我反而覺得這才叫自然。

選擇自由業不能算是克紹箕裘,但有不少興趣與喜好,也要感謝家裡的啟蒙。

例如以前老爸當中視駐美記者,偶爾攝影師沒出現,機器就交到了我手上。差不多六公斤重的攝影機,加上三公斤重的大電池(背在身上,打燈用),我跟著老爸飛快的腳步在紐約街上跑,鍛鍊強壯的「記者腿」。

有一次去拍攝紐約中國城的農曆新年活動,警察封起一條街特許民眾放鞭砲,硝酸煙霧瀰漫,街道上厚厚一層紅紅的爆竹屑,踩起來都是軟的。老爸拿出記者證越過了封鎖線,我帶攝影機跟著拍,卻立刻被惡作劇的群眾盯上。先是聽到有人說:「瞄準他!」接著鞭砲便從四面八方飛過來。我用機器擋著臉跑,耳朵旁霹靂啪啦隨著陣陣的灼熱,好不容易才找到地方躲。那次的經驗,反而讓我愛上了攝影,要是我膽子再大一點,我想戰地記者應該會是個不錯的職業。

也許再加點陰錯陽差，我就成了攝影師。

講到戰地，我老爸有個朋友的小孩，大學畢業之後，便加入美國海軍陸戰隊去伊拉克，成了名符其實的「鍋蓋頭」。而且一次不過癮，九月還要再回去一年。他父親苦笑著說自己是和平主義者，兒子卻跑去打仗，我老爸就調侃他：「你自己以前在大學不也一樣，課上到一半，跑出去跟人打架，然後被勒令退學，我看是虎父無犬子！」

前陣子他兒子放假，來台灣玩。一點也不像我想像中的尚武青年，反而很有禮貌、風趣又有自己的想法，個性也跟他老爸很像，世故之中帶有正義。我問他退伍了想做什麼，他說他已經申請了幾個商學院。海軍陸戰隊的生活只是他覺得自己需要的一種訓練。我很敬佩他這麼有想法和勇氣，而且美國相當看重願意為國家效勞的年輕人，相信他申請哪個學校都不是問題。

看著身邊認識的朋友和老爸常舉的例子，讓我不禁懷疑是否我們做子女的

「搞怪」，隱藏了從小在家裡耳濡目染的某種生活態度？父母親以前的風光故事對我們的影響，可能勝過他們的說教。

老爸說他以前在大學搞課外活動常翹課，還曾經跟英文教授說：「我不想浪費我們兩人的時間，以後點名就不要點我了OK？」教授說「OK！」然後就把他給當了。

老爸學的是繪畫，大學畢業後卻去主持電視節目、寫書、當記者，還成為主播。當紅的時候，又突然丟下一切，去美國做藝術交流。當年他二十九歲。

我沒老爸那麼瀟灑，但也喜歡搞社團，有一次碰到惡名昭彰的統計學教授，在全班面前罵我說：「這不是音樂社！」我當場嗆回去：「我知道，但我希望這是！」

我在念研究所的同時，在波士頓夜店當DJ，在台灣出書做演講。學分念完了，我卻決定換跑道，搬來台灣工作。當年我二十九歲，跟老爸去美國時一樣。

巧合嗎？還是說老爸的善變與叛逆，多多少少也藏在我的基因裡？

總而言之，很高興聽到老爸說無論我怎麼胡搞，他都「老神在在」，這樣我就不用擔心他會擔心了！

Be Free
To Dream

做個自由的美夢

在電影《印第安納‧瓊斯──水晶骷髏王國》中，已經上了年紀的哈里遜‧福特（瓊斯）遇到一個年輕飛車小子。一開始兩人互相看不順眼，但攜手突破重重惡煞的圍攻時，又顯然是默契十足的搭檔。後來瓊斯發現「小子」竟然是他從未見過的親生兒子，整個人傻住了，回神第一個反應卻是：「你這毛頭小子！為什麼不好好唸書？！」

「你之前說修摩托車維生也很好啊！」小子反駁。

「不一樣！」瓊斯大叫：「那時候我還不知道我是你爹！」

我相信那兩句對白無論翻譯成什麼語言，都很幽默。

最近有個朋友快結婚了。他和未婚妻去算命，高人鐵口直言：「好消息！你們的孩子不用管，自然有光明的前途，更會為你們帶來榮華富貴！」

朋友聽了當然很開心。我拍他肩膀說：「以後輕鬆了！」

「才不呢！」朋友回答：「如果我不管，而孩子不成功，那就是我的錯。如果我管太多，孩子不成功，我也怪自己。所以……還是多管些吧！」

據說比爾‧蓋茲年輕時很叛逆。他母親送他去做心理輔導，經過了許多

測驗和觀察之後，輔導師竟然跟比爾的母親說：「放棄吧！你贏不過他的！」

比爾的母親是個強悍精明的角色，聽了當然不服輸。兒子雖然是個天才，但他實在太弱小，又不太會交朋友，於是為了保護他，送他上西雅圖最貴的私立中學。

那個決定改變了比爾的一生，因為學校有一台電腦。原本對戲劇頗有興趣的他找到了新的最愛，並與同學保羅爾‧愛倫一起研發程式。後來當比爾與保羅決定一起從哈佛退學，成立微軟時，他那強勢的母親也無話可說。

如果當初比爾‧蓋茲的母親聽了輔導師的話就放手不管，我們今天會知道比爾‧蓋茲這微軟巨人，或是比爾‧蓋茲──演員？

回想我自己小時候，剛移民到美國時，父母親把我丟進沒有華人的私立小學。我之前在台灣當副班長，到了新學校還因為英文不好被留級，自信落到谷底。好不容易習慣後又被迫離開朋友們，上紐約市的史岱文森高中。照我的個性，當初如果沒有被管，一定會跟好友們一起晉升社區附近的高中，也一起申請州立大學。我相信自己應該會滿快樂的，但不確定是否會有現在的成績。但如果我父母親後來沒有放我自由，我又會不會走上音樂這條路？還是像許多哈佛的同學畢業後去華爾街上班，隨著梯子向上爬，賺取幾十萬美金的年薪。這種成績會讓我快樂嗎？不知道。

就像印第安納‧瓊斯一樣，每個父母都希望自己的孩子能好好念書，但如果兒子是個天生冒險家，或遺傳了藝術家的個性，父母難道要怪自己嗎？硬把一個孩子轉上所謂的「正業」，不如引導他，讓他的才能充分發揮，

成為真正的自己。

之前，我老爸在與我一起上電視節目時，聽了我的DJ創作。我原先很緊張，怕他「不習慣」，沒想到他回程在車上對我說：「欸！兒子，咱們可以合作，搞個大大的演出。」

我相信很多父母在心底都有個隱藏的夢，為了現實生活，他們自己壓抑了，也把孩子的夢壓抑了。

那一天，我終於了解老爸後來不管我，是因為他要我做個自由的夢，連他都羨慕的美夢。

唯有自由地做夢，才能期待更好的自己。

每個大學生畢業前該做的十件事

01 去圖書館，隨便走到一個書架，隨手抽一本書下來，開始閱讀。

02 當一個禮拜的義工。

03 跟校園附近的攤販交朋友。

04 找自己最喜歡的教授，想盡辦法纏住他，直到他收你為徒。

05 繞著校園跑一圈，然後找一個很不顯眼的地方，刻上自己的名字。

06 在校園裡選一棵樹，學牛頓在下面睡個午覺。

07 參加宿舍的球隊。如果宿舍沒有球隊，就自己組一個！

08 愚人節的時候，好好給室友設計一場惡作劇。

09 至少選一堂你覺得這輩子絕對不會派上用場的課。

10 入學時給自己寫一封信，記住當時的心情和願望，封起來，畢業的那天再讀。

25 *Things You Don't Need*
to Know About Me

前陣子某一天上Facebook，收到一封朋友的來信：

「哈囉，收到這封信的同時，表示你被串聯了！請著手寫下二十五個有關你
自己『毫不重要』的事，再 tag 給二十五個朋友，其中一個包括寄信給你的
我，因為我當初會寄給你，也是想要多了解你一些……」

我平常最討厭這種串連信了，既浪費網路頻寬又浪費時間，但是讀了我那個
朋友所寫的清單之後，覺得實在很有意思。每件事雖然表面上看來隨機又不
重要，但加起來卻讓我更了解這個人，並窺到一些他的內心世界，也起了
不少疑點。我突然發現自己跟他多了很多話題，等不及下次找他聊天。

於是，我決定花一、兩個小時寫下自己的清單，沒想到一個小時變成了一個
下午。隨便寫二十五件事不難，但是誠實地寫下二十五件不重要的事，而不
落於理所當然（例如：我很愛吃飯），或是變相地自我炫耀，或招出太多個
人私密，還實在是不那麼容易啊！

最後我發現，我在朋友們面前顯示的自我，都是我覺得重要的。而那些不重
要的細節，我通常不會希望別人知道，而正是因此，所以它們其實是最重要
的！

Well，這是我的清單：

01 我喜歡列清單，因為列清單可以讓我整理思緒。但是我痛恨排列清單事項
的順序；對我來說，只要是列在清單上的，都很重要。

02 我有很多黑膠唱片。我從來沒有確實地計算過它們的數量，但應該有好幾千張。我從紐約搬回台北的時候，用海運寄了其中的四分之三，加起來有二十七箱。

03 我的人生目標之一就是把手上所有的黑膠唱片轉成MP3。這是一件相當複雜的事，要做得既好又正確，可是比單單把它們錄進電腦裡困難多了。正因如此，我知道我永遠無法完成這項任務。

04 當我一個人在家的時候，通常都不聽音樂，因為對我來說，把好音樂當背景聲音，而不專心地去品味它，不如不聽。

05 我書桌旁邊擺了一個用來裝廢紙的紙袋。一旦滿了，我就把整個紙袋丟進回收桶，而那一刻總是讓我充滿了成就感。我對這件事相當固執，如果有人隨便把紙團塞進那個紙袋，我會把紙團拿出來弄平了再整齊地放回去，我無法忍受紙袋裡有浪費的空間。

06 還是關於袋子的事。我的廚房裡有一個垃圾桶，我發現一個在麥當勞賣兩塊的外帶塑膠袋跟它的大小剛好吻合。因為這樣，我至少比我原本會吃麥當勞的次數多了一百多次。

07 我的視力很糟，通常會先「聞到」一本書，才能夠讀清它上面的字，而且兩眼的視差使我戴上眼鏡時總是感到暈眩。動了雷射手術之後，我不需要眼鏡了，但是我現在反而常戴平光眼鏡。可以這麼說：為了彌補過去，我戴眼鏡的心態是為了報復。

08 我討厭開車，除非路很寬很平又沒有別的車在旁邊。我對「成功」的定義之一，就是能雇得起自己的司機。

09 我超級不會記人名，甚至連人們的長相也見過即忘。因此我常認錯人，或是以為我見過他們但其實根本沒有。我以前懷疑只有「大眾臉」會讓我住不住，但後來顯然發現連辣妹我也同樣記不起來！所以如果我不記得你的名字，請不要生氣——那是我的智障之一。

10 我喜歡烹飪，但最擅長處理剩菜；只要給我隨便幾盤剩菜，我就能變出一道新的綜合料理。當我自己一個人在家的時候，經常亂拿東西混來吃，有時候還搞到自己胃痛。但我還是覺得自己有做廚師的基本條件。

11 當我小時候剛移民美國時，家裡並不是很富有。媽媽會以手邊有哪些商品的折價券來決定要買哪些雜貨。我因此吃了很多Chef Boy-R-De（那是一種廉價的通心粉罐頭）。是的，一般美食家會覺得那根本不能稱作食物，但管你怎麼想，即使現在我還是愛吃。

12 我是個愛貓人。雖然不排斥狗，但對牠們沒有特別的感覺。我覺得狗味很臭，尤其是淋了雨的狗更是臭氣熏天。奇怪的是，牠們的主人好像都聞不到。我想這再次證明了，「愛」不但讓人失聰失明，連鼻子也會變壞。

13 我刷牙時，永遠先刷左邊再刷右邊，然後刷下面再刷上面。叫我改變這個順序？不可能。

14 我曾經拔過獅子的鬃毛。是的！獅子當然是活的！而且沒有被關在籠子裡。被關的是我……

15 我很喜歡閱讀關於量子力學、渾沌理論 (chaos theory)、時空連續統、線性理論……等內容的書。可惜我的數學沒那麼好，每次都只能跳過那些艱深的方程式。我很佩服那些看得懂寫得亂七八糟的方程式的人。他們是現代道士，那是他們的符咒。

16 我曾經從圖書館借了一本有關「克服拖時間」的書，但竟然拖太久而忘了還。更糟的是，到現在我還沒把它讀完！

17 小時候我曾經有一本恐龍卡蒐集冊。為了完成整冊的收藏，我花了很多冤枉錢買泡泡糖。從此之後，我就不太喜歡「收藏」任何東西，除了故事和回憶。

18 我曾經在北京公安大學對著台下兩千位警察發表演說，還在他們熱烈的慫恿下秀了一小段街舞。信不信由你，那還不是我這輩子做過最糗的事。至於那件事是什麼，打死也不告訴你。

19 我這輩子的第一台電腦是VIC-20，它只有8K的記憶體！而且因為我買不起磁帶儲藏機，每次電腦一關，所有的資料就永遠消失了。即使這樣，我還是用它學會寫BASIC程式，再次證明我有一個潛在志向在竹科園區。

20 我的第二台電腦是PCJr。如果你曾聽過這台電腦，我會相當訝異，因為它是IBM最大的行銷敗筆。我用它寫了一個在紐約科學競賽中獲獎的人工智慧程式，其他時間都在處理當機問題。我其他曾經買過的電腦還包括了Amiga和PowerComputer公司的「山寨蘋果」。我想，如今我沒有成為電腦工程師，都要怪自己總是選機不慎。

21 我的英文名字聽起來像「Shawn」，但其實它並不完全正確。事實上，我爸媽給我取的英文名字本來該是「軒」的發音，但是他們搞錯了，既不是韋氏拼音裡的Hsüan，也不是羅馬拼音的Xuan。所以現在很多老朋友還是會把我的英文名字寫錯。但我不怪他們，畢竟它從一開始就是錯的。順道一提，我名字（Shiuan）中間三個母音連在一起的「iua」，在英文裡有個專有名詞叫做Tripthong。

22 我曾經獲得台南市鑰。會得到這把鑰匙，是因為我曾為當地的啟智中心做了許多募款的工作。當時在市長辦公室獲得那把市鑰，還握手寒喧、合影留念，但我並不覺得那是什麼了不起的成就。我只是在用心地做一件事，而碰巧有人覺得這件事值得表揚而已。其實我覺得人生中有很多事都是受到表揚之後才變得重要，但那有點可惜，不是嗎？

23 我很能忍受朋友們脫線的行為。當然我並不喜歡，但也不會過度生氣，因為事出必有因嘛，況且我自己也有點脫線。

24 我相信並且接受人性本私，也就是說私底下大家都很自私。但我絕對無法忍受的，是偽裝在謙虛面具之下的自私。

25 這是我人生中第一次完成這樣的清單。啊！好累。

劉墉生活Café
8分鐘搞懂孩子的心

PX0013 | NT$280

名作家劉墉的兒子劉軒是哈佛畢業的高材生，卻從不侷限自己的生活，勇敢地探索世界、發掘自己的每一種可能，同時在文學、音樂、電視、雜誌……等許多領域，闖出令人驚豔的好成績。

女兒小帆則是以第一名的成績自高中畢業，進入長春藤盟校哥倫比亞大學就讀。進大學的那年暑假，在紐約的《世界日報》打工，也曾在紐約市長辦公室實習，參加紐約市等大型活動的計畫。

爸爸媽媽的行徑，有時真像達文西密碼！
是怎樣新潮的教育方式，讓劉軒忍不住這樣說──
「我的怪，都是向我爸學的！」

四十八篇經驗談，劉墉以「過來人」的身分，給每一個家長、老師以及青年學子，最衷心與中肯的建議。

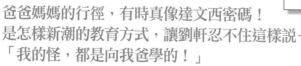

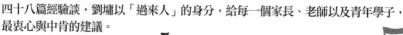

劉墉生活Café
8分鐘教你應對進退

PX0012 | NT$260

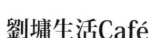

世事是真的難預料，還是只有你猜不到？
讓你告別白目，晉升溝通達人！

三十六篇深掘日常細節的真知灼見，劉墉最新處世學力作！從生活的平凡小細節，延伸人生的不凡大智慧！

劉軒
作品集 1001

Ambling to a Wayward Beat
放任心中的一百次流浪

作者	劉 軒
主編	林怡君
編輯	李振豪
書內照片提供	劉 軒
美術設計	陳文德・王思驊
執行企劃	鄭偉銘
董事長	趙政岷
出版者	時報文化出版企業股份有限公司

10803 台北市和平西路三段240號3樓
發行專線：02-2306-6842　　讀者服務專線：0800-231-705・02-2304-7103
讀者服務傳真：02-2304-6858　　郵撥：19344724 時報文化出版公司
信箱：台北郵政79～99 信箱

時報悅讀網	www.readingtimes.com.tw
流行漫畫部落格	www.wretch.cc/blog/ctgraphics3
電子郵件信箱	popular@readingtimes.com.tw
法律顧問	理律法律事務所 陳長文律師、李念祖律師
印刷	華展印刷有限公司
初版一刷	2009年06月01日
初版十三刷	2019年08月06日
定　價	新台幣250元

ISBN978-957-13-5042-4　　　　　　　　　　　　　　　Printed in Taiwan

國家圖書館出版品預行編目資料

Ambling to a Wayward Beat
放任心中的一百次流浪／劉軒著

初版. -- 臺北市 : 時報文化, 2009.06
216面； 公分. -- （劉軒作品集；01）
ISBN 978-957-13-5042-4 (平裝)

855   98007895